告白

〜よみがえれ魂〜

増補新装版

黄輝光一
Koki Koichi

コールサック社

（株）アマナイメージズ

黄輝光一『告白～よみがえれ魂～』増補新装版

目次

白樺のハイジ …… 5
踊り子 …… 23
第一話　永遠の踊り子　24
第二話　娘へ　47
動物たちに愛を！（ベジタリアン部長） …… 69
青年の苦悩（もし10億円当たったら） …… 81
守護霊の涙（ハリウッドスターの大罪） …… 97
占い師　銀子 …… 113
いつもの人 …… 159

＊

夏のセミ（ぴんころ地蔵）……179
人類への警告（十万年後の世界）……189
《死ぬ死ぬ詐欺師》……197
最終章　告白（本人）……203

解説　究極の生命力が光る場所　佐相憲一　246
増補新装版　あとがき　252
略歴　254

白樺のハイジ

私が20歳の時、長野県の郷里から「白樺湖」に行ってきました。

車山高原のすがすがしい空気のなかを散策し、翌日は、白樺湖から小高い丘に登り、白樺の白いむき出しの木肌が、明るい太陽の光をあびて銀色に輝き、まさにシルバーバーチ（銀色のカバノキ）の様に、幻想的なメルヘンのような小路を散策しました。

その奥まったところに突然現れたのは琥珀色の小さな喫茶店でした。驚いたのは入り口にかかっていた「哲学」の文字。扉を開けると誰もいませんでした。いや、いました。50代くらいのマスターが、私が一番遠い席に座ろうとすると、

「よかったら、カウンターで」

私は一番上に書かれていた「白樺コーヒー」を頼みました。その隣の小皿には緑の白樺の葉に小さな二つのかわいらしいお菓子が並んでいました。

あたりを見渡すとたくさんの本が並んでいます、ゆうに５００冊はあったでしょうか。ソクラテス、カント、ニーチェなどの哲学書、フロイト、ユング、アドラーなどの心理学書、その他には「心を強くする本」「人生のレシピ」などの精神書。あれ？　白樺派の志賀直哉の作品もあります。それらがきれいに整然と並んでいました。

「観光ですか？」

「ええ、一人旅です。二泊三日、下の白樺ビューホテルに泊まっています」

一気にコーヒーを二口飲みました。口の中にまろやかな苦みが広がりました。

「白樺の並木路、素敵でしょ、白樺伝説をご存知ですか?」

「いいえ」

「ドイツの伝説です。

ある秋の夜、働き者の羊飼いの少女が糸を紡(つむ)いでいました。すると、そこに突然、銀色に輝く服をまとい、野の花の冠(かんむり)をいただいた、柔らかなまなざしの美しい娘が、目の前に立っているのに気づきました。

『私は、あなたと踊りたくて森から来たの、私と一緒に踊りましょうよ!』

少女がびっくりして迷っていると、『いらっしゃい!』と、美しい声でダンスに誘われました。森の中へと、まるで夢見心地でついていきました。明るく輝く月に照らされながら、二人は陽気に楽しく、時が経つのも忘れてダンスに興じました。娘のステップは軽やかで草を踏んでも曲がらないほどでした。

ふと、我に返ると、一日だと思っていたのがもう三日も過ぎていました。

『あら、もうこんなにたってしまったわ、家に帰らないと』

すると、娘は黄色に色づいた白樺の葉を、少女のポケットにいっぱい詰め込んでくれました。家についてポケットから白樺の葉を取り出してみると、それは全部眩しく輝く金貨に変わっていました」

「これが白樺伝説です」

「ロマンチックですね」

店内を見回してみると哲学喫茶だからでしょうか、ひとつは細長い短冊に「今月のお題目『神はいますか』」そして、私には意味不明の『あなたは正しい』、少し離れたところには、なぜか、真新しく見える「宗教の勧誘は固くお断りします」という但し書きが目に飛び込んできました。

「あれは何ですか?」

「あれですか、『神はいますか』は、もう50年以上前からそのまま掛かったままなのですよ。もう色あせてボロボロですが、この喫茶店の前オーナーの直筆の思い出の品でもあります。もうとっくに、哲学ブームも去って若い人はゲームやスポーツに夢中ですからね」

「『あなたは正しい』って、どういうことですか?」

「聞きたいですか？　話すと長くなるかもしれませんよ」

「……」

「では、話しますよ。実は今から50年前、この店の前オーナーつまりこの店を最初にオープンさせた方ですが、哲学を語るうえで議論が白熱した挙句に、言い争いや喧嘩にならないように掲示したのですよ。もともとは、ある哲学者の本の一節で『あなたが正しい』を読んで、なるほどといたく感動したそうで、特に宗教や哲学、思想の論争や争いは、結局のところ自分が信じていることが絶対的に『正しい』、自分が信じる『神』『宗教』『哲学』が絶対的に『正しい』という信念、信仰から始まっている。すべての議論や論争は、むしろ『相手が正しい』かもしれないという謙虚な心、相手の立場を理解し敬意を払う。それなくしては有意義な論争とは言えないのではないか、この哲学喫茶で若者たちに大いに議論してください、ただし一方的に自分の正しさを主張するのではなく、相手はどうしてそんな結論に達したのか思い図る心も必要ではないかという思いから、ある意味逆説的な『あなたは正しい』と先代オーナーの思いで掲示したのですよ」

「なるほど、そうですか」

「ところが、とんでもない青年が現れたのですよ。この『あなたが正しい』を『自分が正しい』と思ったのです。まったくオーナーの真意を取り違えたのですね。

当時、あの白樺伝説の中の美しい娘のような地元の女子大生、まるでアルプスのハイジのような高原の爽やかさを持った純粋な乙女が、この喫茶店に突然訪れたのです。彼女は、一か月の夏休みの間よほど気に入ったのでしょう、毎日のようにこの喫茶店に通いました。そう、あなたが今座っているカウンターの席に。哲学書ではありません、大好きな童話や詩集をいつもひたすら読んでいました」

「え？　先代のマスターの話ですよね？」

「そうですよ。

その娘（こ）は約一か月、白樺コーヒーと、ただ好きな本を読むためだけに訪れました。その清楚な佇（たたず）まいは先代オーナーの心を動かし、まさに白樺の森に現れたハイジの様でした。もうすっかりマスターのお気に入りの常連となりました。

でもある日、突然、あの青年がやってきたのです。

彼は、東京の大学生で、郷里に戻り、この小高い丘の白樺の小径を散策して、偶然この喫茶店を発見したのです。いつの間にか、同じカウンターに座り、まるで運命の糸に導かれるように二人は恋に落ちました。マスターも似合いのカップルだと思いました。彼も一か月、彼女も一か月、それからふたりはそろって毎日来るようになりました。

ところがある日、彼がある話を始めたのです。神との出会い『神のお話』を始めたのです。実はある有名な宗教団体でその神様を盲信するメンバーだったのです。純粋な彼女は、彼を愛するようにその話に心より耳を傾け『盲信』していきました。青年は純粋さ故にその神を信じ、彼女もその神が全てだと疑うことなく、二人の絆はどんどん深まっていきました。彼の話には説得力がありました」

「先代は、彼女に辞めるように説得しなかったのですか?」

「しましたよ、でももう手遅れでした。二人は『真実の神』に永遠の愛を誓ったのです。実はふたりはその間、何度も『神』について手紙のやり取りをしていたのです」

「ところが翌年、この夏のシーズンに彼女は現れませんでした。来たのはあの青年だけでした。そして彼女の代わりに来たのは、彼女の10歳年上の兄でした。理由は簡単です。

お兄さんは、かわいい妹を、なんとか宗教から脱会させ、その青年との交際を断固、断ち切るためにこの喫茶店にやってきたのです。お兄さんもそのためにその宗教について相当勉強したようです。実は、彼女と彼は、兄の怒りで六か月以上音信がなかったのです。彼女を愛する青年は必死です！　それと同じくらい、兄も必死です！　高原の爽やかな白樺の喫茶店に、阿修羅のごとき罵倒と心の叫びがとどろきました。

兄は言いました『あなたの宗教は間違っています。カルトです！』

青年は二度とここには現れませんでした。というより、もう来ることができませんでした。

ところがその先代が、その事件から二年後、75歳のとき心筋梗塞で突然亡くなってしまいました。白樺の並木に佇む小さな喫茶店は、主を失い、扉は固く閉ざされたまま十数年の歳月が流れました。

当時私は、この朽ち果てるままの喫茶店をなんとか再建したいと思い買い取りました。つまり私が二代目のオーナーです。私が開店してもう10年が経ちました。多いときは10名以上来ますが、ほとんど趣味のようなお店ですよ。今日もあなた一人だけかも」

「ところで、その二人はその後どうなったのでしょうかね……その青年は、その宗教を続けているのですかね？」

「脱会しました」

「彼は今どうしてるのでしょう？」

「あなたの目の前にいます」

…………

「えええ」

「ちょっと、待ってください！　今までのお話は、すべてあなたのことですか？」

「ええ……」

「えっ、あなたが、私に何が言いたいのか、さっぱり分かりません」

「それは、私の取り返しがつかない過ちです、宗教の怖さです。

・・・・・

私の東京、世田谷の家には、都会では珍しく50坪ぐらいの大きい庭がありました。もの心がついた、5歳頃から、いつも大好きな『ありんこ』の動きをじ～っと見ていました。見れば見るほど不思議に思いました。5㎜にも満たない小さな『ありんこ』が土の上を縦横無尽に歩き回り、当然のように餌をさがして、来た道を迷うことなく巣に運んでいる。小さいながらも頭も手も足もあり、すべての機能を備え、その姿は小さくても完璧に思えました。そればかりではありません。庭にいるたくさんの種類の昆虫、草花、見上げれば、気持ちよさそうに空を飛びかう鳥たち、まぶしく閃光を放つ太陽、そして、夜になると姿を現すお月様、無限に煌めく星たち、この世界はいったいどうなっているのだ!?

もう、不思議で、不思議で、仕方ありませんでした。そして最も大きな疑問は、この『わたし』『自分自身』です。いったい誰が、何のために私を創ったのか。そして、いったい私に何をさせたいのか、疑問は疑問を呼び、謎は謎を呼び、すべて分からないことばかりです。この世の中、大自然、大宇宙、すべてが、未知の世界。私は子供ながら驚愕し立ちすくみました。でも、すぐに、当然のごとく、直観的に、大自然、大宇宙、森羅万象、この世の中のすべてのものの創造主が、まさに『神』だと私は直感しました。私にはそうとしか思えませんでした。

神こそは、全知全能、完璧、『私のすべての疑問に答えられるはずだ』と思いました。それならば私を創造した理由も、『私に何をさせたいのか、私に何を求めているのか』その回答が分かるはずだと。私は、それから、母から望遠鏡を買ってもらい毎日のように満天の星を眺め、宇宙の本をむさぼり読み、真実の神、本物の神を求めて巡礼の旅に出ました。『神は、どこにいますか?』と。小学校6年生の頃のことです。それからずっと心のなかで思念思考の中で神をさがし求め続けてきました」

「それが、結局、神から宗教へとつながっていくのですか」

「そうですね。

神から、宗教へ、徐々に関心を持つようになりました。

しかし、私が満足できる納得できる神にはなかなか巡り会えませんでした。死後に恐ろしい地獄やサタンが待っている世界、そんな世界があるはずはない。神は決してそんな恐ろしい世界は創らないと思いました。また『信じる者のみが救われる』というような偏狭な神様は、私にはありえないと思いました。そんな宗教にほとほと、ガッカリし、私の『本物の神』『真実の神』さがしは依然として続いていました。

しかし、大学一年生の時親友に誘われて行ったところはまさに宗教でした。大嫌いな宗教でした。そこで聞かされたお話は、まさに『あの世には地獄はありません。サタンは迷信です、ありえません。悩むことはまったくありません。わが神こそ、本物です、全知全能の神です』、本当に誠実そうな多くの人たちが私の周りを取り囲みました。世間知らずの19歳の未熟者の私は、どんどんのめり込んで行きました。『外界』がまったく見えなくなってしまいました。

そんな時、21歳の夏、宗教書を左手に携えてこの白樺の喫茶を訪れました。そこで、偶然に出会ったのが当時19歳の彼女でした。その時彼女が持っていたのは『童話集』でした。その純粋さにひと目で好きになりました。

それから郷里の諏訪から毎日車で通いました。

しかし、その後、私はとんでもない、反省してもしきれない大きな罪を犯しました。

何も知らない19歳の純粋無垢の彼女に、童話のかわりにその宗教を進めました。私はその時、その宗教を本当にすばらしい！　正しい！　と確信して話をし続けました。

しかし、ついに運命の日がやって来ました。

彼女の兄と、対決したのです。

実は、彼は茅野市の高校の教師をしておりました。

彼に、罵倒され、カルトだと言われ、もう一度真剣に、教団の組織・教祖の実態、すばらしいと思った『経典』を何度も、熟慮再考をしてみました。おかしい所はないか本当に正しいのか完璧なのか、

まもなくその兄から長いお手紙をもらいました。

『先日は、あなたを一方的に侮辱し、申し訳ございませんでした。冷静さを失っていました。許してください。妹は、まったく口をきいてくれません。もはや、聞く耳を持っておりません。ふさぎ込み家から一歩も出ようとはしません。いつも泣いています。妹を助けられるのは、あなたしかいません。お願いです、妹を助けてやってください。今、あな

たの信仰している宗教が、大きな社会問題となっていることをご存じでしょうか。自分たちの宗教が、絶対的に正しい。この世の中はおかしいと、攻撃的、反社会的になっております。完全に孤立しております。強引な洗脳ともいえる布教活動、お布施、あなた自身が、感じていることがあるはずです。もう一度、内部からではなく、外から、冷静に組織のありようを見て下さい。必ず、感じることがあるはずです。本当に、あなたの納得できる本物の宗教なのか？　いくつかの告発本も出ております、2冊同封しました。是非、読んでもらいたいです……』

そこには、なんとか私を助けたいという思いがひしひしと伝わってきました。『君に教団の真実を知ってもらいたい、目を覚ましてもらいたい』と。その強い思いが紙面にみなぎっていました。妹の心を傷つけた私に、本当に、わが身のように親身になって心配してくれて……自然と頬に涙が伝わってきました。

教団の実態を調べれば調べるほど、組織の実態、神とは程遠い、偽りの神！　とんでもない教祖、高額なお布施、強引な布教活動、改めて『自分の無知』を思い知らされました。

私は脱退しました！　何度も何度も引き留められましたが、もはや決意はゆるぎません。
完全に決別しました。すべて、お兄さんのおかげです。感謝しても感謝しきれません。
しかし、もうひとつ、私の最大の罪、それはまだ終わっておりません。
私の心の中の取り返しのつかない悔恨(かいこん)!!
彼女の大切な青春と時間を奪った罪
彼女の純粋な心を奪った罪
彼女に大粒の涙を流させた罪
是非、是非、もう一度会わせてもらえないかと。
心から謝りたいと、
手紙にしたためて送りました」
・・・・・
「それで、会えたんですか?」

「会えました」
・・・・・
「よかったですね……」

午後の長い沈黙が続きました。

この白樺の喫茶店に、おだやかな、ゆったりとした陽光が、窓から差し込んでいるのが感じられました。

頭の中をさまざまな「思い」がぐるぐるとめぐりました。

そして、窓の外へ目を移すと、銀色のシルバーバーチの小径を、軽やかなステップで草の葉を踏んで近づいてくる女性が見えました。

私は重くなった頭をゆっくりと左右に振りました。

ふう～と深呼吸をしました。

その時でした。

扉が開く音がしました。

中年の女性が、軽やかに入ってきました。

柔らかな笑顔でその女性は私に「いらっしゃい！」といいました。

マスターが、にっこりして言いました。

「彼女が、白樺のハイジだよ」

踊り子

第一話　永遠の踊り子

僕の毎日は、無機質で始まります。

無味無臭、無感覚、沈黙、その繰り返しです。毎日、毎日、目の前にあるのは『白いキャンパス』です。その白い無機質の空間を、幾何学模様で埋め尽くすのが僕の毎日の仕事です。設計図。

会話や折衝や、説得はまったく必要ありません。大きなミスもなく、怒鳴られることもなく、順調と言えるかもしれません。優秀なのかもしれません。しかし、それで、会社にとって僕が本当に必要かどうかは全く分かりません。別の言葉で言い換えれば平凡です。毎日が同じことの繰り返しです。大きく変革する勇気は持ち合わせておりません。その世界から飛び出す勇気はありません。唯一の趣味は漫画です。自慢できる趣味ではありませんが、ひとり、何もない代り映えのしないアパートの一室で、唯一、現実逃避できる空想がそこにはありました。膠着(こうちゃく)した頭脳を癒(いや)してくれます、無限に広がる砂漠に忽然(こつぜん)と現れるオアシスです。

34歳独身。結婚という言葉を忘れつつあります。お酒もたばこも吸ったことはありません、そういう厳しい家庭で育ちました。

いつものように、定刻を少し過ぎた頃、なぜか、帰り道とは逆の方向に歩いていました。30分程あてどもなく歩いていると、うっかり、裏通りから紛れ込んでしまったのでしょうか、突然、夜のとばりが閃光(せんこう)を放ちました。きらめくネオンに、派手な装飾で着飾ったビルが目の前に現れ、様相は一変しました。歓楽街です。酒処、居酒屋、小料理屋、キャバレー、クラブ、6階建てのビルのすべてが、クラブです。クラブ明美、クラブ渚、クラブミカド、クラブ銀河……何かを求めて多くの人々があてもなく行きかっております。欲望と快楽が渦巻いているのでしょうか。お酒を全く飲まない僕には、まったく無縁の世界です。「お兄さん、どうですか！」何度も連呼する声が、内耳(ないじ)の三半規管(さんはんきかん)に執拗に絡(から)みつきます。まったくふさわしくない世界、早くここから脱出しなければ、男の甲高い声を振り切るように、確実に逃げ切ったはずだった。しかし、僕に残されていた悪しき欲望のかけらに、もう一人の自分自身がドンと背中を押した。勇気があれば一度は入ってみたい、僕の大好きな映画、あの宮崎駿(はやお)の『千(せん)と千尋(ちひろ)の神隠し』、神々の世界、神秘の世界、妖怪の

世界、幻影・幻覚の世界、

そこは『ストリップ劇場』でした。

中学・高校は、男子一貫校でした。あこがれの女性といえば、小学校時代の校庭で遊んだかわいい三つ編みの女の子だけ。僕の記憶はそこですべてブロックされ、その後は高校時代の、すぐにいなくなった「麗しき音楽の女性教師」と食堂の「おばさん」それ以外にはまったく記憶にありません。ある意味で女子禁制の厳格なる「男の修道院」でした。大学に入っても現実にはいないあこがれの君への妄想は、更に美化され巨大化し、グラビアの実態なき女、それが、あたかも温かいぬくもりとなり柔らかい肌触りとなって、視神経と脳髄を刺激し悦びとなる、現実は実体のない偶像、気高くも近寄りがたき乙女、天使、天女でした。それは、か弱くもはかない、払拭できないコンプレックスになっていました。

そこは想像を絶する世界でした。こんな世界があったのかと、いままで思っていた汚れた不純なる、決して近寄ってはいけない、見てはいけない世界。その思いがみごとに崩壊し音もなく崩れ去り、一転してメルヘンの世界、神秘の世界が現れたのです。会場は、ギラギラした男の視線でいっぱいでした。もう、むんむんしております。周りの人たちの心臓の鼓動の高鳴りと荒い息遣いがはっきりと聞こえるようでした、しかしなぜか、どうしたわけか、僕にはまったく気になりませんでした。

乙女たちは、美しい音色に誘われて、眩（まばゆ）いばかりの光彩の中で、その羽衣で舞い踊り、一つ一つ脱ぎ捨て、いつの間にか一糸まとわぬ天女となりました。その天女は、そのまま、軽やかにダンスを舞い、空を飛び、時には寝そべり、幻想の世界にいざなってくれました。考えもしなかった不思議な世界、幻想が現実化した多くの天女が現れました。それぞれが個性的で、そのダンスも、古典、日舞、ジャズ、モダン、現代風のダンス、おそらく独自に考えたと思われるダンス、豪華絢爛（けんらん）、僕にとってそこは退屈な日々を忘れさせてくれる、飽きることのない夢の時間・空間でした。

そして、最後に、現れたのが彼女。なぜかとても柔和な顔立ちでした、しかし、バック音楽とともに、一旦踊りだすとその容姿と出で立ちは一変しました。150センチに満たない小さな体からは、エネルギーとオーラがほとばしり、信じられないアクロバットな動きをするかと思えば、それとは真逆な妖艶で繊細な動き、小さい体がひときわ大きく際立って見えました。しかも、彼女の目線の先には必ず僕の眼があり、「どうですか、うまいでしょ！」と語りかけている様に思えました。完全に魅了されてしまいました。

ヌードダンサーという言葉は嫌いです

ストリッパーという言葉は嫌いです

踊り子です

川端康成の踊り子です

彼女の芸名は、『ダイヤモンドゆう子』

それから、僕の人生は一変しました。まばゆいばかりの光輝（こうき）を放つダイヤモンド、すっかり彼女の大ファンになりました。

『追っかけ』です。それからというもの毎日毎日通いました。平凡で退屈な日々が日増しに明るくなっていくのが自分でも分かりました、生きがいを発見しました。もう漫画はいりません、現実の世界が垣間見えたからです。そして、この業界のことが少しずつ分かるようになってきました。踊り子たちは関東近県の劇場を10日のローテーションで回っています。例えば、シアター上野から浅草ロック座、船橋若松劇場、川崎ロック座等、移動しています。朝は10時ごろ、夜は最終が8時から10時です。勤務している会社から場所的に一番近いのはシアター上野ですが、遠い所はギリギリの最終です。ただし、すべて会社が最優先です。でも許す限り毎日毎日通いました。

大雪の日、積もった雪の中をころげながら着いたのに、本日休演をみてガッカリしたこともあります。泥酔したお客が、突然舞台の彼女に飛び掛かり必死で助けたことも、誕生日に手渡そうとした「カトレア」の花を別の踊り子に奪われたことも、やっと手に入れたディズニーの超かわいい小熊のダッフィーを落として、大勢のファンに踏まれ悲しい思いをしたことも、

彼女は、健康管理ができているのでしょうか、行ったら「お休み」だったことはただの一度もありません。一方、僕が仕事で一週間休んだ時は、「どうしたの、病気?」と温かく耳元でささやいてくれた。

二年経った頃には、僕はりっぱな業界通になっていました。

そんなある日、ラストステージが終わり、大勢の男たちのからの万雷(ばんらい)の拍手の中、彼女は、突然僕に近づいてきました。実は、僕の席は『へそ』と言って最前列の「へそのよう

に丸く出っ張った所」、大勢いた彼女の熱烈なるファンの方々のいわば指定席です、気の弱い臆病者の僕ですがその場所だけは絶対に譲れません。彼女を至近距離で見ることができる最高の特別席なのです。

目の前に近づき、耳元でやさしくささやきました。

「12日からは、船橋よ」と。

嬉しさが胸いっぱいに膨れ上がってきました。僕は、ここに集まった、どの熱烈なるファンよりも、すごい、プレミアムメッセージをもらったのです。もう、次の場所を聞くことも調べることもありません。彼女にとって最も信頼のおけるファンで選ばれし「人」。

ダンスが終わった後、汗ばんだ肌にバラの匂いを漂わせ、

『いつもありがとう！』

「5日は、上野よ」

「16日は、川崎よ」

「27日は、日ノ出町よ」

と、ささやき続けてくれました。

僕は、彼女にとって最も安全で紳士的なファン。ただし、それ以上でもそれ以下でもありません。僕はそれ以上を望みません。会えるだけで十分です。彼女のダイナミックで妖艶でかつ繊細(せんさい)なダンスを見させてもらえるだけで、今日のパワーをもらえます。明日への活力をもらえます。

そして、ある日、彼女がささやきました。

「しばらく休むの、ごめんね、今まで本当にありがとう。あなたのことは一生忘れないよ」

その日以来、ぱったりと、彼女は僕の世界からいなくなりました。

・・・・・・

劇場関係者や、業界通の人、熱烈のファンに聞き回っても、不治の病気になった、失踪(しっそう)した、引退した、信頼できる確実な情報は何一つ見つかりませんでした。

希望に満ちた毎日、明るくなった毎日、上司から「最近、君は生き生きしているね」と言われた日から、突然、真っ逆さまに暗黒の奈落の底に落ちてしまいました。「失意」という言葉がピッタリです。胸の中に大きく膨れ上がった「生きがい」という希望の風船が急激にしぼんでしまいました。考えられる場所はすべてあたりました。もはや、捜す手立てがありません。

そして、僕の人生で一番長い六か月が過ぎました。
落ち込んで生気を失った僕をみて上司が言いました。旅行に行って来たら……

春の訪れの感じられる、三月末、木々は芽生え花を咲かせ、草花が活気を取り戻す頃、二泊三日で四国の道後温泉に行きました。道後温泉本館は、大好きな宮崎駿の『千と千尋の神隠し』に登場する『油屋』のモデル。油屋には八百万の神様が日頃の旅の疲れを癒しに日本各地から訪れる。経営者はおどろおどろしい顔をした魔女の湯婆婆で、従業員の多くはカエルやナメクジの化身。千尋は『両親の罪』を背負い、人間だったのに豚にされてしまう。踊り子の『ゆう子』は、神隠しにあい豚に変えられてしまったのだろうか。
湯船につかりながら、ありもしない幻覚の中で、僕は湯奥の底の巨大な渦巻きの中に吸い込まれて行った。

そして二日目、栗林（りつりん）公園に行った後、早めの夕食を済ませて、7時半ごろ宿泊旅館から温泉街の散歩に出かけ、赤ちょうちんと居酒屋、淡い街路灯のけだるい揺らぎの中を、あてもなく歩きました。そして突然、目に飛び込んできたのが「ヌード劇場」です。懐かしい「ヌード」の名前、都会と全く違った簡素で、あえて目立たないようにひっそりとたたずんでいました。中に入ってすぐ、出演者名簿を確認しました、残念ながら「ダイヤモンドゆう子」の名前はありませんでした。でも木戸銭の三千円を払って、中に入りました。舞台はもうすでに始まっていました。かなり空席が目立っていましたが一番後ろの席に座りました。いたずらに無味乾燥の時間が過ぎ、もう帰ろうかなと思った瞬間、小柄な女性が、激しいロックの音と共に、舞台右から元気よく飛び出してきました。「あっ」と思った瞬間、呼吸と鼓動が止まりました。ありえない、信じられない。時空を超えた誰かの仕業なのか、間違いなくあの「ダイヤモンドゆう子」だった。彼女もすぐに気が付きました。怪訝（けげん）と驚きのまなざしが、鋭くこちらに伝わってきました。

　舞台が終わると、近づいてきて、彼女はささやきました。『隣の喫茶店にいて、待っていてね、必ず行くよ』

四年前、『衝撃の大型新人、あらわる!』その時が22歳、あれからもう四年たっている、今はきっと26歳……

古びた喫茶店には、時代遅れの色あせた漫画が無造作に置いてあり、店内は誰もいませんでした。20分ぐらい経ったとき、ドアが開いた。

現れた女性は、茶色のドーラン（化粧）のかけらが残り、黒っぽいジャージとジーパン、さっきまで舞台で見ていた光輝くスポットライトを浴びて、天に舞う全裸の乙女とは、まるで別人でした。

・・・・・

「あわてて、着替えてきたの、びっくりよね、全然違うでしょ。女は化けるのよ。夢を壊してごめんなさい、ちゃんと化粧できなくて、これがゆう子の正体」

口調が一転して、

「柏木に探せって言われたの!?……

そんなことある訳ないわよね、ありえないいね、疑ってごめん、ごめん、ごめん、本当に、ビックリした！

あなた、なんでここにいるのよ!?」

それは、僕が聞きたい！

速射砲のように、一方的に話しかけてきました。僕たちの間には二年の歳月は流れましたが、「ささやかれる」ことはあっても人生を語り合うような会話は一切ありません。それどころか、彼女の感情の起伏のある、なまなましい言葉を聞いたのは初めてでした。しゃべれなかったはずのダンス人形が、突然壊れたラジオのように、饒舌に話しかけてきました。

「本当に、まったくの偶然なの？

もう、うれしい！　すごくうれしい！」

それは、僕もまったく同じ気持ち。間違いなく『運命の糸』というものがある。僕の思いが神様に伝わりこの場所へと導いてくれた。

「でも、あなたの名前知らないわ？」

・・・・

「神林（かんばやし）です」

「みんなの名前知らないの、私は、『ダイヤモンドゆう子』、ここでの名は、朝霧かおり。もう正直に言うわね、神林さんは最も信頼できる人だから、私は『小林映子（えいこ）』」

改めて、現実という刃（やいば）をこころに突き付けられた。

「神林さんは、おいくつなの」

「36です」

「ええ、うそ〜！　同じね」

・・・・

「えっ、26歳じゃないの」

「ウソ、全部ウソ!!　私の人生はすべてウソ。デビューするとき、柏木がお前は22で行ける、小顔で童顔だからって、でも、10歳はひどすぎるよね。でも、だんだんその気になって、36歳なんていったら、ファンはみんな逃げだすよね」

「どうして、いなくなったの？」

初めて核心に触れた。一番の謎、絶対に知りたかったこと。彼女の心の深淵に迫った。

「柏木(かしわぎ)から逃げてきたの、殺されるかもね、失踪よ、脱走よ、あいつ、今頃、血眼(ちまなこ)になって探していると思うよ。

金庫のお金、一千万円、全部持ってきちゃったからね。

でも、もともとは、これは私のお金よ、不当に搾取(さくしゅ)されたの。

だから、彼は警察には行けない、墓穴を掘るだけよ」

理解不能という言葉の４文字が、頭を駆け巡った。

そして、急に話題を変えた。

「ねえ、ねえ、それより私のダンスどう思う」
・・・・・
「すばらしいです」

「そうじゃなくて……神林さん、私のダンス何回見た、１００回ぐらい？」

「いや、２００回ぐらいかな」

「もう、すごいね、本当に感謝だわ、それで、どう、具体的に」

「ダイナミックで、繊細ですね」

それから、

「みんなとは、全然違います、オーラがあります」

「それから！」

「ダンスへの熱い思いが伝わってきます」

「うれしい！　私はダンスが全て、ダンスしか取り柄がないの、他は全部だめ！　でも、映子の時は、そのオーラもなし、ただのおばさんよ！」

「柏木ってだれですか？」

「劇場のオーナー。白豚、変態おやじよ。私、埼玉出身なの、陣内小学校6年の時、両親が離婚して母と二人だけ、でもその母も二年後ガンで亡くなったの、結局ひとりぼっち、それからの人生は狂ったまんまよ、結局、母の姉に引き取られたけど反抗して高2の時に家出、たどり着いたのは西川口のキャバレー、オーナーは妖怪婆(ようかいばばぁ)、その弟が柏木よ、もう、元気な後期高齢者。取り柄は欲望だけ、私は彼のかわいいペットよ。その柏木が、君はダンスがうまい！　すばらしい！　と、劇場で本格的にダンサーやらないかって、うまい言葉に騙されたのよ。私が世間知らずの馬鹿だったのよ、これ以上話したくないわ！……

でも、ダンスをしているときが一番幸せ、嫌なことすべて忘れられる。男の熱い視線が最大の歓びよ、その中で、あなたが一番、最高！」

・・・・

「ちょっと待って、陣内小学校って、川越の？……」

「そうよ……」

「あの、僕も陣内なんですが」

「え、まさか同級？」

・・・・

「神林さん立ってもらえない、すごく大きいわね、１８０センチはあるんじゃない、全然違うわよ、彼は小柄でメガネをかけていた」

「僕、当時は、まだ、小さくて小太りでメガネをかけていました」

・・・・・・

「秀才神林！」彼女が叫んだ！

「あっ、それ、僕です」

「ええ、これって、奇跡じゃない、ありえないわ！」

・・・・・・

「まってくれ、僕は、君を思い出せない」

・・・・・・

「両親はいつもケンカしていた、ほとんど、学校に行かなかった。でも、一度だけ、神林君に算数教えてもらったことがある、やさしかった、すごくうれしかった。神林君は有名人だったから、まじめで勉強ができて、学校で私が名前を知っているのは神林君だけよ。友達から、卒業写真見せてもらった、私だけ写っていなかった、とても悲しかった、でも、次に私が見たのは、神林君の姿。小さくても凛々しい君を見て、うれしかった！」

『君』に代わっていた。

確かに、ほとんど授業に来なかった女の子がいた、この子の名前が「小林映子」だったのか、思い出せない……

もう、僕の頭の中はハルマゲドンのような大混乱に陥っていた。平凡なサラリーマン、36歳独身オタクだ。その栄光の『秀才神林』は、はるかに遠い彼方に置き忘れてきた過去の遺物だ。現実と非現実、空想と妄想、過去と現在。混沌とまざり合って何がなんだか分からない。小林映子がいったいどんな過酷な人生を歩み、どんな人なのか僕にはまったく分からない。未知なるカオスの中に頭があった。

愛（いと）しい「ダイヤモンドゆう子」そして、もうひとつの現実、小林映子。二人が頭の中で、激しく火花を散らして交錯（こうさく）した。

「神林君のようなまじめな人、誠実な人、回りには一人もいない。私には人生の選択肢がなかった、海に放り出された舵（かじ）のない小舟よ、ただ流されて流されていくだけ、もうこんな人生いやや！」

・・・・・・

「結婚して！」

唐突な言葉が脳髄に突き刺さった。

ええ、どういうこと？

・・・・・・

僕には今すぐに答えられる回答用紙をもっていなかった。

「帰らなくっちゃ、神林君、明日も仕事なの、明日劇場に来られる、来られなかったら、もう一度ここへ来られる？」

・・・・・・

別れてからのその夜は、何もない天井をじっと見つめていました。

あるはずのない星を数えていました。

僕には彼女の人生は、重すぎます。

あまりに重すぎます。

しかし、彼女を忘れることは絶対にできません。

青春そのものです。
忘れかけていた夢のような結婚の二字。
この出会いは、何億分の一の確立です。まさに奇跡です。
神のお導き、そうなら、神よ！　僕は、いったいどうしたらいいのでしょうか。

まんじりとしないまま、朝が来ました。
淡い斜光が、窓から差し込んできます。
庭の池には、二匹のコイが寄り添うように仲良く泳いでいます。
空には、黄緑の化粧をしたメジロのつがいが、薄いピンク色の満開の桜の木のまわりを
ぐるぐると楽しそうに飛び回っています。
私は劇場に向かいました。
外には受付のおばさんが掃除をしていました。
「すみません、手紙を渡してもらいたいのですが」
・・・・・・・・

午前10時、車で『こんぴらさん』（金刀比羅宮）を目指しました。
長い長い石段を、へたりながら、よろけながら、やすみながら、
両側の縁石には、桜の花が、いっぱい咲いていました。
そして、１３６８段を登り切り、ついに目標の最上階の奥社（厳魂神社）に着きました。
石段の数は、
苦難の数、
思い出の数、
見上げた空には、夕焼け雲がなびいていました。

私は、神の前で手を合わせました。

あの日から、僕の生活は一変しました
つまらない退屈な日々が、楽しくてうれしくて
喜びにあふれた日々になりました

仕事が終わればすぐ駆け付けました
ダンスのすばらしさを教えてもらいました
たくさんのパワーをもらいました
たくさんの希望をもらいました
たくさんの幸せをもらいました
たくさんの思い出をもらいました
感謝の言葉しかありません
でも、それは「ダイヤモンドゆう子」
もうひとりのあなたを目の当たりにして、僕は悩みました
でも、どうしても、あなたを幸せにする未来が見えません
許してください
幸せになってください
いい人に巡り合ってください
いつも、いつも、祈っています
本当に、ありがとう。

永遠の踊り子へ

第二話　娘へ

40年振りに来た新宿歌舞伎町、懐かしい青春時代を思い出します。学生時代、高田馬場から近いこともあり、ラグビー、サッカー、WK戦と、勝っても負けても新宿。明け方まで大勢で祝杯、帰らずに阿佐ヶ谷の六畳一間の友人宅に大勢でもう一泊したこともありました。題目は演劇談義、お前は才能のない三文役者だ、冗談じゃないよ、脚本がひどすぎる、あれではいい演技はとてもじゃないができないと、燃え立つ青春はバラ色だった。

歌舞伎町、まだ昼間だから、安心して歩けるが、夜ともなると怪しげなやからが徘徊し、クラブ、キャバクラ、そう一番びっくりしたのは、イケメンの顔の大きな看板がずらりと、これが世に言う『ホストクラブ』ですか。しかしすごいですね、男が女を接客し100万円のドンペリのシャンパンタワーで乾杯！　若い女性が月に200万も300万も平気で使う。男女逆転、世の中いったいどうなってしまったのかと。

歌舞伎町一丁目、明けることのない不夜城。でも、今は燦々（さんさん）と太陽が降り注ぎ眩（まぶ）しいほどに明るい、暫く歩くと路地裏に安心できそうな喫茶店を見つけました。否！　中に入ったらまったく違いました。やはり東洋一の歓楽街、歌舞伎町です。出勤前の厚化粧のホステス、欲望をむき出しの青年、ネクタイをしているから大丈夫だと思ったら大間違い、ど派手のスーツ、まともな職業でないことは一目瞭然だ。

そこへ、最も危険そうな二人組が入ってきた。そして、よりによって私の隣に座った。ふたりの大きい声が、耳の内耳（ないじ）に直行だ。

「兄貴、頼むよ、兄貴しか頼めないんだよ」

「どうせ、あいつに言われてきたんだろ」

「今度は、いい仕事だよ、兄貴は、金困ってんだろ、頼むよ」

「もう、いい加減にしろよ、ムショから出てきたばかりだ、休ませてくれ、もう仕事はしない、きっぱりやめた、あいつによく言っとけ！」

「ところで、いつも隣にいたあのダンサーいないの」

「ああ、別れたよ、そうだろう、人生で3回もムショ暮らしだ。今回は五年間が獄中、愛想つかされて当然だ、三年前に獄中離婚したよ、本当にかわいそうなことをした、何もしてやれなかった」

「そうですか、驚いたな。

兄貴、今回は安全で確実、割もいい、しかも、兄貴にぴったりの仕事だと思うんだ、めったにない仕事、大チャンスだと思うよ」

「安全だって？　安全な仕事がある訳がない、馬鹿なこと言うな！」

「兄貴、頼むよ！」

「そうだ、あいつに頼め、あいつなら、やるだろう」

「あいつって誰です」

「樺山(かばやま)だ！」

「樺山？……あいつは、今ムショ暮らしです」

・・・・・

あああ、聞きたくない言葉が、次から次へと、脳髄に木霊(こだま)する。

そして、全身が恐怖のこころで硬直する、その時だった、

「お兄さん、灰皿、取ってくれる」

・・・

「あれ、お兄さん、手が震えているよ」

・・・・・

私はお兄さんではない、古希をすぎたりっぱな老人だ。

男は突然立ち上がり大きな声で言った。

「俺は帰る、二度と電話には出ない、あいつによく言っておけ！」

思わず見上げると、あの「たけし」のやくざ映画『アウトレイジ』の「白竜（はくりゅう）」のようにオールバックで眼光が鋭い、乗り越えた苦闘が額に刻まれ、迫力ある存在感を漂わせている、絶対にお友達になってはいけない人だ。

弟分のような男があたふたと後を追っかけて、店から去っていった。

そういえば、先週、ラジオのある人生コーナーで聞いたショッキングな話を思い出しました。それは『できる男』とは何か、つまり「本物の男」とは「強靱な男」とは何か……『男は、人生を平々凡々と生きていてはいけない、荒波にもまれて数々の困難を乗り越えてこそ磨かれ強くなる』と、そこで出題者が言いました。「勤めた会社が順風満帆、夫婦も円満、もちろんそれにこしたことはありませんが、人生は何があるか分かりません。そんな時こそ、男の真価が問われる。想定外の会社の倒産・妻との離婚、運命や苦難を克服して乗り越えてこそ『男』が磨かれる」と……

　そこで問題です、男が磨かれる『三つの試練』があります。離婚・倒産、さあ「次のもう一つ」は何ですか？　分かりますかと、

　分かった！『父親の死』ですか？
　いいえ、違います、
　それは『ムショ暮らし』です。
　・・・・
「りこん、とうさん、むしょぐらし」これは、あってはならないブラックジョークだ。

　究極のアウトロー哲学（やくざ）は、『男は顔で語り、背中で語る』そうだが、冗談じゃない、相手の目をしっかり見て、正直に語るべきです。まっとうに生きなければいけません。清く、正しく、美しく。ああ、今はまったく流行らない言葉なのかもしれません。

　もう、一刻も早く、この恐ろしい喫茶店を退散しようと……

そこへ、30歳ぐらいの、もう、はち切れんばかりの大きなお腹の女と、かわいい3歳ぐらいの女の子が手をつないで入ってきた。この場には相応しくない親子連れだ。女はあたりをキョロキョロ見まわし誰かを探しているようです。結局、私の隣に座りました。ピンクのワンピースの無邪気な女の子は、私に、にっこりと微笑んで左ひざに触れてきました。あまりにかわいくて思わず力いっぱい抱きしめてやりたくなりました。私にもこんなかわいい娘がいたらなと……

「ダメよ、さわっちゃ！」

と同時に、

突然、待ち人を求めて、ちんちくりんの女が入店、女の前に座り、開口一番言いました。

「ああ、ビックリした！　あの男ムショから出たんだ！　危うく、鉢合わせするところだったわ！」

その女の心臓の鼓動が伝わってくる、あの男って、やくざの白竜のことか？

そして、すぐさま、つづけて、

「まだ、平田と別れていないんだって、あんな男ロクなもんじゃないよ、一刻も早く別

れなさい！」と言い放った、

ああああ……

お腹の赤ん坊はどうなるんですか、このかわいいあどけない3歳児はどうなるんですか？

もっと、ましなアドバイスはできないんですか？　この女たち、二人ともロクなもんじゃない。ここは日本一治安の悪い歌舞伎町、どす黒い闇社会、まともな人はここには住みません、そのど真ん中の悪魔の喫茶店で、白昼堂々と待ち合わせをする二人の女。推して知るべしだ。子持ちの女は、きっと黒服の呼び込み野郎と結婚そして妊娠、男は、お金は一銭も入れないで、暴力！　それを見かねた白竜と別れた元同僚の風俗嬢……まあ、そんなところだろう、

私は、そのとんでもないアドバイスをした女をまじまじと見た。

その瞬間、心臓が破裂した。

それは、私の娘だった！

告白

私にはかわいい娘がいました。目に入れてもいたくない、一人娘です。

私は、大学の理工学部を出て、大手三社と言われる東陽日輝エンジニアリングに就職しました。三年後お見合で結婚し、翌々年かわいい女の子が生まれました。本当に幸せな日々が続きました。娘が小学校6年の時です。40歳の時、大きな転機が訪れました。アフリカのナイジェリアで大量の石油が産出、その石油プラントの一大プロジェクトが組まれました、私はそのリーダーに選ばれたのです。嬉しかった大変光栄でした。しかし、大きな問題が発生しました。妻が大反対したのです。私は危険地帯なのでもちろん単身で行くつもりでしたが、行くなら離婚すると。妻は大変な寂しがり屋でした。行けば五年は帰れません。大ゲンカの末離婚しました。今になって思うことは、仕事人間だったということです。いつも夜遅く帰宅、日曜は接待ゴルフ、家庭を顧みることは一度もありませんでした。妻はずっと、ずっと、寂しい思いをしてきたと思います。思いやりがなかった、自分勝手だった、妻の寂しさを理解できなかった。もっと話し合うべきだった。娘といっぱい、いっぱい遊ぶべきでした。アフリカ行きを一方的に宣言し離婚。一番悲しい思いをしたのは娘です。娘は言い争いをする私たちを見て心を痛め学校へも行かなくなりました。私は親権を譲り、遠くアフリカの地へ旅立ちました。月12万円の養育費を肩代わりに、結局、私は妻と最愛の娘を見捨てたのです。

ところが、二年後別れた妻が、がんで亡くなったと妻の姉から連絡がありました。娘は妻の姉が引き取ってくれました。15歳の娘は、さぞかし絶望的な悲しい思いをしたことでしょう。仕送りはつづけていましたが、私は日本へ帰ることはありませんでした。娘に罪はありません、私の娘への思いは募るばかりです。自業自得です、悔恨(かいこん)です、もうあと戻りのできない運命。異国の地から元気でいることを祈る毎日です。私は、娘に手紙を書きました、何度も何度も書きました。

『こちらナイジェリアは、45度の猛暑です。君は、元気にやっていますか！　寂しくなったら手紙をください、異国の地で、ずっと、ずっと、君のことを思っています』、しかし、娘から返事が来ることは一度もありませんでした。娘が、高2の時、家出をしたと姉から連絡が来ました。警察に届けても家出人ということで真剣には探してはもらえません。結局、それから20年間、行方不明のままです、もう死んでしまったのか、それとも、どこかで生きているのか、私の絶対に忘れることのない悔恨(かいこん)、深海のごとく深い後悔の思いです。娘に『会いたい！』

私は、海外赴任から15年後、ナイジェリアから帰国。内勤となり、60歳で退職しました。再婚はしていません。たくさんあった髪も大きく後退し、皺(しわ)もいっぱい増えました。亡くなった両親の埼玉の大きな実家で、ひとりで空虚な寂しい毎日を過ごしていました。

そして、ある日、まさに、突然に、奇跡のように、娘が現れたのです。

失恋をしたそうです、悲しみの果てに、私のことを突然思い出してくれたのでしょうか、一週間は泣いていました。毎日、毎日励ましているうちに親子の絆、心が通じてきました。別れた時が13歳。家出をしたのが16歳。それから36歳まで、20年の長い年月を、女一人どうやって生きてきたのでしょうか。語れないほど辛かったことでしょう、いっぱい涙を流したことでしょう、ああ、万感(ばんかん)の思いが胸に突き刺さる。

面影(おもかげ)はあります、背が低いのは私の遺伝子を継いだのでしょう。目はぱっちりで母親似です。毎日毎日楽しそうにダンスをする元気な女の子でした。ダンスは私譲りです、音感もよかった。

そんなある日、ついに、泣きながら「お父さん！」と言ってくれました。天にも昇る嬉しさ！　何度謝っても、謝り切れない、よくぞ、頑張って生きていてくれた。

もう永遠に手放さない、抱きしめたい！

それからの毎日は、失われた時間を取り戻すかのように、童心に戻って近くの伊佐沼(いさぬま)公園の散策、入間川(いりまがわ)の岸辺の散歩、夜は、生まれて初めて味わう娘のおいしい辛口カレーライス、夢のような日々でした。しかし、母の思い出、子供の頃の思い出は語ってくれましたが、肝心の20年間の空白の時間は一切語ってくれませんでした。私もあえて聞くことはしませんでした。

そして、運命の日が来ました。

一か月たったある日、私は、娘のズシリと重いボストンバッグの中身を見てしまいました、そこには一千万円の現金の束が入っていました。

「どういうお金なんだ！」

私は娘を問い詰めました、
ダンサーの仕事で稼いだと娘は言いました。

そんなに稼げるはずがない、すると娘は言いました。

私の名は、「ダイヤモンドゆう子」、ストリップダンサーで稼いだと。

あああああ、よりによって……私は冷静な判断ができなくなりました。頭の中が真っ白になりました、そして、決して言ってはいけない言葉を放ちました。

「なぜ、お前は、まっとうな仕事ができないんだ！　普通の人生が送れないんだ！

この金も、ろくでもない金だろう！」

娘は言いました。

「よく言ったわね、私の人生を狂わせたのは、あなた、あなたが全ての原因、不幸の原因は、すべてあなたよ！」

娘は泣きながら、ボストンバッグを抱えて、出て行ってしまいました。

すべて、すべて、娘の言う通り。なんていうことを言ってしまったんだ！

もう、取り返しがつかない！　俺はなんというダメ人間なんだ！

それは、私の娘だった。

あのダイヤモンドゆう子だった。「ゆう子」は、私の妻の名前だ、亡くなった母への恋慕が、『ゆう子』を名乗らせた。

そして、この歌舞伎町の喫茶店で目の前にいるのが、本名『小林映子（えいこ）』。

更に別れて10年、まさかこんな所で、会えるとは。

私は思わず顔をそむけた、心臓がバクバクしている。彼女はまったく私のことに気付いていない、依然、身重の彼女にアドバイスをしていた。その後の二人の会話は上の空、まさに、運命のいたずらか、神が最愛の娘に導いてくれたのか……どうしよう、どうしよう……

今、話しかける訳にはいかない……

暫くして、二人は店を出た、私はすぐに追いかけました。そして、

「映子！」と叫びました。

すぐ、映子は振り向きました。

「あの時は、すまなかった、許してくれ！」

近づいて思わず彼女の左手を握り締めた。

ビックリした娘は、硬直して、まじまじと私の顔を見た。

「お父さんなの？」

確かに、10年前とは、大分髪が薄くなった、顔の皺もいっぱい増えた、だが正真正銘のおまえの父だ！

「うそ〜！」

二人の間に長い沈黙が続いた。

・・・・・

「私、人を待たせているの、終わってからでいい？」

（冗談じゃない、生き別れの10年ぶりの再会、これ以上に大切なことは他にはないはずだ！）

「なに言っているんだ、10分でも言い、すぐ話したいんだ！」

・・・・・

娘は、ちょっと待ってね、と言って、「一時間ぐらい遅れる」と電話をした。

娘に、導かれるように、東口のビックカメラのそばの喫茶店に入った。

「元気そうだね……」

「お父さんこそ、元気そうね」

「あの時は、とんでもないことを言って悪かった、すべて、お前の言うとおりだ、許してくれ」

10年の時の流れが、今この一点に集中した。微かな沈黙が流れた。

「さっき、聞いてしまったんだが、あの男（白竜）と別れたのか？」

「えっ、知っているの？……悪い人じゃないよ、私を助けてくれたの」

（悪い人じゃないって？　あの顔はどう見ても悪党だ。刑務所が自宅のような男だ、まだ懲りないのか、騙（だま）されたいのか）

「あの人は、一本筋の通った男の中の男よ！」

「じゃあ、どうして別れたんだ」

「彼に、一千万円の件を話したの、そしたら、逃げ回っていても仕方ないと、俺が劇場のオーナー（柏木）に言って話をつけてやると」

（待ってくれよ、それって、やくざの手口じゃないか？）

「結局、彼は、脅迫罪に問われたけど、裁判では、私の不当就労、不当なる虐待、未払い給与が認められて、５００万戻ってきたの、しかも、私の罪は問われなかった。私は、すべて彼のおかげだと思っている。だけど彼は、執行猶予中だったので実刑をくらったのよ。面会の時、彼は言ったわ、『これ以上俺にかかわるな！　別れよう。劇場の柏木は裁判で本当に悪かったと謝った、お前はもう籠の中の鳥じゃない、自由だ！　これからは真っ当に生きろ、ダンスが好きなら人に教えろ、もうストリップはやめろ』と。私は、彼は誠実な男だと思っている、本心だと思っている。

だけど、寄りを戻すつもりはないわ、いい人ができたの……」

・・・・

ああ、いったいどうなっているんだ！

複雑な思いが渦潮（うずしお）のように、ぐるぐると頭を巡った、とにかく、おまえが幸せなら何でもいい、元気ならそれでいい……

そのとき、さっきまで抱きしめたいと思っていた、歌舞伎町のあのかわいい3歳の女の子が、シンクロした、瞬間、言葉が出た。

「そういえば、お前がアドバイスしていた身重の女性、ずいぶん厳しいこと言っていたな」

「えっ、聞いていたの?」

「彼女、劇場（柏木）の女なのよ、過酷な人生を歩んできたの、情がありすぎるのよ、未練よ、冷静な判断がまったくできていない、はっきり言ってやらないと地獄に落ちるわ。人生経験のまったくないおとうさんには、分からないことよ!」

（ふざけるな!　おとうさんは、もう70歳を超えている、人生経験はおまえより、はるかに豊富だ!

いや待て、そうじゃない。あの言葉だ!　男の度量は、「離婚・倒産・ムショ暮らし」。

しかし、私は一つしかクリアしていない。いや違う、クリアさえしていない、離婚を後悔している、懺悔(ざんげ)している、一生悔(く)いている。とても乗り越えたとは言えない。苦難を克服し強靱な男になったのとは程遠い、か弱い頼りがいのない男だ。娘の言う通りかもしれない、ここで怒ったら、二の舞だ）

「分かった、余計なことを言って、すまん」

おとなしい猫のように、従順になった。

そして、一番聞いてみたいことを、聞いた。

「どうやって生活しているんだ」

「大好きなダンスは絶対に辞められない、今は、30人ぐらいの子供たちに教えているわ。一人で生活するのは慣れているわ、なんとかなるわ。お父さんが言っていた、普通の人並みの生活をしている、心配しないで、元気よ」

「おとうさんこそ、どうなの」

・・・・

ああ、『おとうさん』って、なんと心地よい言葉なんだろう、私の人生は、この言葉を待ち続けていたのかもしれない。もう私はひとりじゃないんだ。

「年金と週に3回バイトをしている、困ってはいないよ、困っているのは、埼玉の実家が大きすぎること、映子、部屋はいっぱいある、いつでも戻ってきていいんだぞ」

・・・・・

10年の空白が少しずつ埋められていくようだ。

・・・・・

「あの、実は私、結婚するの、さっきから、ずっと彼を待たせているの」

ええええええ……

別れて間もないのに、もう結婚だって、

それじゃあ、「別れたら次の人」の替え歌人生じゃないか。

今日という日はいったい何なんだ、何のための今日なんだ、頭が混乱してきた。次から次へと回転木馬のような日だ。

「実は、彼、すぐそばにいるの、是非会ってくれる」

そうだ、娘はもう46歳だ。決して若くはない。もしかしたら、あのやくざ映画の第二弾『アウトレイジ・ビヨンド』の悪役、いぶし銀のような顔の中尾彬が現れるのか、それじゃ、私より年上だ。それだけは勘弁してくれ、よからぬ心配が心をよぎった。

その近くというのは、すぐそば、歩いて三分ぐらい、名曲喫茶「らんぶる」と書いてあった。

店内は広々としていた。レトロな雰囲気、レトロなイス、レトロな家具、いい感じの所だ。娘は、彼のいる場所が分かっているかのようにスタスタと私を案内した。初めてのお見合いのような緊張感が走る。

正念場だ、堂々としなければ、

だが、さっき父親になったばかりだ。

あまりに急すぎる、こころの準備が間に合わない、

・・・・・

「紹介します。父です」

私の目の前に立った男を見た、大きかった、私よりはるかに大きい。ビシッと真っ当な

紺の背広に、紺のネクタイをしている、小柄な娘とは全く不釣り合いのような、真面目(まじめ)でりっぱな男に見えた。

その男は、はっきりとした声で言った。

「神林です」

そして、にっこりほほえんだ。

動物たちに愛を！（ベジタリアン部長）

ライバル会社である、タカホ食品の豚肉加工偽装問題が発覚！

当社「丸東ハム」に大チャンスが訪れた。

それに伴い丸東ハム（株）は今期の食肉計画の大幅な見直しが進められ、人事異動も行われた。

増豚の具体的な数値は、豚殺数１００万「豚」の増産計画である。

このチャンスは、まさに食肉加工業界のＮＯ１になる千載一遇のチャンスと思われた。


〈新橋、酒処「とん丸」にて〉


「佐伯（さえき）部長！　おめでとうございます！」

「全然、おめでたくないよ、これは、何かの陰謀だよ！」

「ええ、どういうことですか？」
・・・・
「経理部課長からの大抜擢、食肉事業部、部長。すごいですよ。事業部は花形です、定年一年前のご褒美ですよ、花道、最高です！

え〜と、俺「豚汁」、部長は何にしますか？

……失礼しました。部長は、野菜炒めでしたね」

「おいおい、前みたいに、豚肉が紛れ込んでいないだろね」

「あれねえ、肉野菜炒めでしたね。豚肉だけを取ったらいいじゃないですか、と言ったら『豚汁が染み込んでいるからダメだ』って作り直させた。ウルトラ、ベジタリアン、筋金入りですね。肉屋の息子の肉嫌い、ハムを食べないハム部長、いやいや、心底、本当に尊敬しています」

「俺の目の前で、おいしそうに豚汁食って、とても尊敬しているとは思えないね」

「いいじゃないですか、ここは「とん丸」です。会社の子会社ですよ」

「ところで、前回の『ありんこの話』感動しました。10歳の時、いつも観察していた大好きだった『ありんこ』の大行列、誤って踏んづけて、一日中わんわん泣いて、しかも今もそれがトラウマになっている、純粋というより天使のこころですね、俺はそんなこと考えもしないし、いつも平気でバンバン踏んづけていました。大量殺人です。いや違います、そんなことまったく気にしていなかったということです」

「人間は、やりたい放題に動物を殺している。食肉だけじゃない、毎年何億という動物たちが、人間の身勝手な行為で残酷に殺されている。俺には、それが納得できない。許されることではないと思っている」

「部長は、たんなる自分の健康のためのベジタリアンではないということですよね」

「あの、愛らしいイルカさえもたくさん殺されている」

「まあ、そのくらいにしておきましょうよ」

「部長、豆腐はどうですか?」

「肉豆腐はだめだよ、冷やっこ」

「ところで、来週の部長の就任して、一番最初のお仕事『100万豚、増殺の件』、もちろん、部長、気持ちよく事業計画書に『判』を押すんでしょ」

・・・・・

「押さないよ!」

「えええええ……」

「私は、動物たちを愛しているんだ。動物たちが本当にかわいそうだよ！」

「もう、決まっている事ですよ、タカホが、ずっこけて、わが社の大チャンス到来、豚の100万増殺の数値も、理事会でも暗黙に内定している既成事実ですよ！」
・・・・・
「君は、屠殺（とさつ）の現場を見たことがあるのか！」

「ないです」

「ちょうど、この会社に入ってから、五年目、27歳の時だった、下請けへの視察があったんだ、視察コースにはなかったけど、俺は、ひとりでかってに屠殺場に忍び込んで見てしまったんだ、
そこで世にも恐ろしい光景を見てしまった。おぞましい光景だった。

こんなことは、絶対に、絶対に、人間がすることじゃない。今でも思い出したくない光景だ。それから一切肉を受け付けなくなった。もう二度と食べられなくなった。その時は、本当に会社を辞めようと思った」

「部長、部長！　お酒、お酒、ぐっと、ぐっと、行きましょう！」

「どうしちゃたんですか、部長！」

「部長、本当に、大丈夫ですか……」
・・・・
「俺は、ずっと、ずっと、経理課にいたかった……

課長のままでいたかった。経理課が大好きだった……」

「あれ、部長、泣いているんですか？」

「部長、ただ、上がってきた書類に、ポンと判を押すだけですよ。一番簡単な仕事です」

「俺にとっては、史上最悪の仕事だよ、悪夢だよ」

「部長、正気ですか！」

「本社は、ただ、子会社に命令するだけ、実際にやるのは下請けの下請けですよ。末端ですよ」

「何も心配はありませんよ。悩む話じゃ、全然ありませんよ。子供じゃないんですから」
・・・・
「俺は、絶対押さない！　絶対に押さない！」

部長、並々と注がれた八海山を、一気に、飲み干す。

会社は大混乱。佐伯部長、更迭。
部長の在籍期間はたった三か月。佐伯氏は、定年を待たずして59歳と六か月で自ら職を辞する。

そして、変わって、一か月後、新任、丸田氏の就任祝賀パーティが焼き肉「天寿苑」にて盛大に行われた。

《丸田部長のご挨拶》

本日、お集まりの皆様、新任部長の「丸田」でございます。
佐伯氏は、前代未聞の職務放棄、まったく不可解な信じられない暴挙により自ら職を辞しました。

彼が、生粋のベジタリアンであることはよく存じております。

個人的な趣味趣向は自由ですが、ただし、わが社は食肉会社です。

大変な心得違いをしておりました。非常に残念なことです。

わが社は最大のチャンスを逃しました。

しかし、まだチャンスは続いております。私は、当初予定の１００万豚殺、増産計画を思い切って、更に２００万豚殺に増やすことにしました。ここに宣言いたします。

この更なる増産に豚殺しの「豚丸」とか、見ての通りのまん丸の豊満体形から「共食いの丸田」などと揶揄されているようですが、おおいに結構。

私はまったく気にしておりません。

これもわが社の安全でおいしいお肉を多くの人に腹いっぱい食べてもらいたいからです。

最大の思いは、わが社の大いなる発展、それは食文化への貢献であり社会貢献でもあります。そして、めざすは年頭の辞で社長が掲げた、食肉業界ナンバーワンの奪還です。

先日、テレビで出家なされた瀬戸内寂聴さんが90歳のご高齢にもかかわらず、５００グラムのステーキをペロリとお食べになるそうで、お肉はまさに元気の源だとおっしゃっておられました。年齢に関係なく人間にとっては最も大切な動物性たんぱく質であり、それは改めていうまでもなく科学的にも立証されております。


動物たちは人間の為に命をささげております。

私たちは動物たちのおかげでこうやって生かされております。

そのことを片時も忘れてはいけません。

仏に仕える僧侶の方々もお肉をおいしくいただいているのが現実です。

日本の仏教界の共通の認識であり、
大僧正は、「私たちは動物たちの『命』をいただいている。動物の魂をいただいている。

食事の前には手を合わせて『ありがとう』の感謝の心を決して忘れてはいけない（合掌）」

とおっしゃっております。

ここに、増産計画のご報告と、もう一度、先代創業者のお言葉「動物たちへの、ありがとうのこころ」を、私の就任の言葉とさせていただきます。

《佐伯部長のお別れのことば》

この度は、多大なる混乱と増産計画の大遅延、誠に申し訳ございませんでした。「君の考えは間違っている」と、社長をはじめ、多くの方々から叱責されました。

すべて、私の不徳といたすところでございます。部長就任前に辞退すべきだったのかもしれません。本来、入ってはいけない会社に入ったのかもしれません。

しかし、この自らの行為によってもたらされた結末、退職という結果には、まったく悔いはありません。だが、残念ながら、更なる増産にはまったく納得がいきません。とても悲しい思いです。

最後に、ぜひお話したいことがあります。

一昨年、東日本大震災があり、わが社は、その下請けとして、宮城、岩手、福島県他、多くの畜産農家を抱えております。そこには、何百万頭という豚や牛が飼われております。津波により、２万人という尊い命が奪われました、しかし、同時に多くの尊い動物たちも、命を失いました。

テレビのインタビューで、ある食肉会社の社長が、無残にも、流されて崩壊した牛舎を指さして訴えました。

「残念です、悲しいです、多くの牛が死にました。私たちはこれからどうやって生きていったらいいのでしょうか。予定では、六か月後には、皆様の食卓にお届けできたはずなのに、その牛はもういません、本当につらいです。悲しいです」

テレビ画面が変わって、牛舎の『塀』も何もかもが無くなった荒涼たる原野が見えました。なんと、遠くには、生き延びたのだろうか、草をはむ、5、6頭の元気な牛の姿が見えるではありませんか！　確かにやせたように見えるが、私には「生きよう！」と一生懸命に草を食べている様に見えました。

「よかったじゃないか、人間に食われなくて」

「君たちは、今、解放されたんだ！」

「生きるんだ、生き続けるんだ！」

私はそう思いました。

やはり、私の頭がおかしいのでしょうか、
私は、今、大きな声で叫びたい、

『動物たちに愛を！』

青年の苦悩（もし10億円当たったら）

ここはR物産株式会社の本社、社員食堂。

さすがに日本のトップ企業です、もはや食堂というより高級レストラン。２００坪はありそうな食堂は隣の会話が筒抜けになるような窮屈さはみじんもありません。席も、４人用、６人用、10人用と、多種多様です。

そこに、あらわれ出たるは、わが社のホープ、ではなかった熟女。べっ甲のハイカラなメガネが似合う49歳のギリギリのアラフィフ、やり手の男勝りの女性独身課長、間違いました、既婚の女課長です。社内のうわさでは稼ぎの悪いヒモ旦那と２人の大学生がいます。まあ、使い古された言葉で言うならば、『バリバリのキャリアウーマン』であります。

本日も、女課長は、企画課の直属の部下であります５人の男性を従えまして、社員食堂に颯爽と入って来ました。彼女のピンとした背筋は１６０センチの長身が１７０センチぐらいに見えるほどです。堂々たるお姿の御一行様です。

「まいったね、今年も『年末ジャンボ宝くじ』買えそうもないな」男言葉で、女課長が言いました。

「課長、よかったら私が買ってきますよ」と、ハゲ～の、一つ年上50歳の係長。

「いいの、ありがたいわね。石田君も買ってもらったら」

「ええ、いいんですか」ちなみに、石田君は入社10年目であります。

「やっぱり、やめた！　こういうものは自分で買うもの、一生の運命を決める一大事」

（女課長）

「そうですね」

「アメリカの宝くじで、会社の同僚が10人でグループ買いをして、なんと１５０億円当たった。アメリカはスケールが違いますね。10人で割っても15億だよ、金額もすごいけれど、もっとすごいのは、話しあって、全員が翌日に会社を辞めたって、日本じゃ考えられないね」（ハゲ係長）

「確かに、すべてが、考えられませ～ん」（石田）

「そうだ、よし、決めた！　みんなでグループ買いしましょう！」突然、女課長が素っ頓狂に叫ぶ!!

「ええ、いいんですか？」

「何か問題ある」（女課長）

「課長、もし、当たったら？」

「その時は、全員で会社を辞めるのよ！」（女課長）

（笑）

「あの～、僕たち、もう宝くじ買ってしまったんですが」（同課の残りの３人であります）

「買った？　買ってもいいのよ、もう一回買うの、うちの課はチームワークよ」

「これで、６人ですか、もう少し人数ほしいですね」（ハゲ係長）

そこへ、片隅で、食事を終えて、見つからないように、そっと食堂を出ようとした、新入社員の森田君、運の悪いことに見つかってしまいました。

「森田君、こっち来て、私たち年末ジャンボ宝くじを買うの、当たったら10億円、そこで、グループ買いで一人五千円ということになったの、買ってないなら一緒に加わらない」（女課長）

「えっ………」

「はい、10秒経過。はっきりしなさいよ」
「森田君は、かわいそうですよ。新入社員に、五千円は？」（ハゲ係長）
「わかった、じゃあ千円でいいわ。残りは私が払うわ。ただし当たったら均等割りよ、あなたの持ち分は千円。わが企画課は全員参加でチームワーク、いいわね」（女課長）
（納得がいかない様子、それを見て）
「これは、業務命令よ！　森田君！」
「課長、パワハラ、パワハラ！」（ハゲ係長）
「あら、ごめんなさ～い。好きにしていいのよ」
・・・・・
「あの～、参加するのは、いいんですが、以前から思っている事があるんですが、もし10億円当たったら、地獄に落ちるんじゃないかと」
「ええっ、なにそれ！」（女課長）
「当たったら地獄だって？　冗談でしょ、天国ですよ、史上最高の天国ですよ！」（ハゲ係長）
「あっ、分かった、あんた、変な『精神書』かなんか、読んだんじゃない、『人生は決してお金じゃない、すべて、こころだ』とかなんとか。あんたは甘いよ、甘ちゃんだよ、人生はキレイごとだけじゃすまない。去年まで親がかりだったんでしょ、私も二人の大学生がいるけど、入学金だ授業料だ、すべて、お金、お金、お金。我が社も、すべて、お金のために動いているのよ。分かるでしょ」

「課長、すみません。お時間です」（ハゲ係長）

「宝くじの管理は、係長、あなたに任せたわ」

「森田君、言い過ぎたけど、私はあなたに期待しているのよ、よろしく頼みますよ」

新年あけましておめでとうございます。

元旦、ジャンボ宝くじ、当選結果。新聞掲載。

1月5日、出社初日、朝一、会社にて。

「かっ、課長！　大変です、当たりました〜！」

「えっ、10億円！」

「10万円です」

「すごいじゃない、いいじゃない！　大黒字ですね。じゃあ、さっそく、いつもの酒処『とん丸』で、企画課7名全員参加でお祝いの新年会やりましょう」（女課長）

「森田君を、必ず連れてきてね、彼の『10億円の話』、聞こうじゃないですか」

「本日は、おめでとうございます。やりました！　10万円！　八海山で乾杯！」（石田）

20分経過、

「森田君、お酒飲まないんだね、だったら、そろそろお話ししてくれない、聞きたいわ、君の『10億円当たったら、地獄に落ちる』のお話」（女課長）

「今ですか」

「今でしょ！」

「みんなも、聞きたいでしょ」

「お～！」（全員）

・・・・・

「課長は、親がかりといわれましたが、確かに親がかりです。育ててくれた母には本当に感謝しております。10歳の時、父が交通事故で亡くなり、母は女手ひとつで育ててくれ大学まで行かせてくれました。学生時代四年間バイトをしていました。お金のありがたみは誰よりも知っているつもりです。大学4年の時、初めて三千円で宝くじを買いました。年末ジャンボ宝くじです。どうか10億円が当たりますように、当たればもうこれ以上苦労することはない、母にも親孝行できる。でも、もうひとつ、頭の中にはまったく別の思いがぐるぐるとめぐりました。お前は、そんな大金をもらって何をするんだと。何に使うんだ……きっと豪遊するにきまっていると思いました。車・ギャンブル、お金の本当の、『大切な価値』を見失うと思いました。母は一生懸命に働いてきました。それをいつも見てきました。でも10億円が当たれば、きっと仕事をやめると思いました。人生はいったい何のためにあるのか。快楽をむさぼり、ただ楽しければそれでいいのだろうか。それでは本当に大切なことをまったく学べなくなるのではないか。苦労して学び、失敗して学び、辛かったり、悲しかったり、いろんなことを克服して乗り越えてこそ人生の意味があるのではないか。学びがあるのではないか。あり余る大金を持ち、大勢の女性をはべらし、まったく何不自由のない『王様』は、いったい何を学べるのでしょうか。ましてや、僕のような、未熟者に、そんな大金は必要ない。豪遊する僕を見て、母は決して喜ばないと思いました。働かない堕落した人生しか見えてきませんでした。もし、当たったら人生はめちゃくちゃになる、きっと恐ろしいことになる。地獄に落ちるかも知れない」

・・・・・

「あんた、あしたから、席、変わってくれる」（女課長）

それから、10か月後の会社にて。

「課長、大変です！」（入社10年目の石田君）

「ご報告があります。本当は言いたくないんですか、言わずにはいられません！」

「なによ、石田君、もったいぶらずに言いなさいよ」（女課長）

「森田君のことなんですが」

「森田君がどうしたの？」

「彼、パチンコをやっているんです」

「いいじゃないの、本人の自由でしょ」

「それが、毎日です、いや、毎日じゃないかも、少なくとも土日はやってます。完全に、ハマっているみたいです」

「まってよ、ということは、あんたもハマっているということ」（女課長）

「いえいえ、僕のことはどうでもいいんです。僕は、いいところのお坊ちゃんですから（自虐的に笑う）、でも、あの森田くんですよ、超まじめで、模範生、どケチな森田君がパチンコ狂いだなんて、……給料だってたいしてもらっていない、早くやめさせないと、大変なことになりますよ！」

「どケチは余計よ！　でも、驚いたわね、パチンコってどのくらいかかるの」

「まあ、少なくとも一回に、1万円や、2万円、5万円や10万円使う人もいます。月に50万円使う人もいます。もうりっぱなギャンブルですよ」

「３００円じゃできないの？」

「ご冗談を、それは、50年前です。彼がやっているのは、1円パチンコじゃないです」

「いまは、若い女性から、専業主婦、年金暮らしの老夫婦から、生活保護の人もやっていて、社会問題にもなっています」

「じゃあ、あんたがその問題児ってことね」

「僕の話はいいのです、問題は森田君です。まじめな堅物、正義感あふれるあの森田君ですよ！」

・・・

「本当に、驚いたわ

確かに、その通りだわ、

早くやめさせた方がいいわね、

ビシッと言わないとダメだね、

石田君、仕事が終わったら、課長が話したいことがあるって、言っといてね」（女課長）

ＰＭ７：30、会議室にて。

「森田君、パチンコやるんだって」

・・・・・

「黙っているつもりなの」

・・・・・

「ハマっているそうね」

・・・・・

「仕事を終わった後、ましてや、休日に何をやっても、全然かまわないよ、

パチンコだろうが、競馬だろうが、

でもね、あなたは別！

宝くじの時のあなたのお話、感心したわ、今どきの若い者とは大違い。すばらしいと思ったわ、でも、お金の大切さを、よく知っている君には、パチンコはまったくふさわしくないと思う。ずっとあなたの仕事ぶりを見てきたけれど、今までの新入社員とは大違い、とにかく、まじめで誠実、仕事も速いし的確。申し分なし！　だから、尚更そう思うの、あなたが心配なのよ？

何か、大きな悩みがあるの、嫌なことがあるの、ここではっきり言って！」

・・・・・・

「そう、言わないつもり……」

・・・・・

・・・・・

「言います、言います！」

「僕はパチンコをやったことは、今日まで、ただの一度もありません。

自分の性格からして、合わないと思いました。

パチンコ店に、いつも、石田さんがいるのは分かっていました、強い視線を感じていました、だが、自分が、実際に、やっているところは見たことはないはずです。僕は、ずっと、店内で立っていただけです」

「どういうことよ？」

「ある日、母が、私に家に入れるお金を、5万円にしてくれないかと言いました。いままでは、3万円を家に入れていましたが、母は、平日のアルバイトと年金と足して、貧しいながらも十分にやっていけるはずだと思っていました。六か月ほど前から、様子がおかしいなと思いました、無趣味の母が、朝、8時半ごろ、にこにこして出かけるようになりました。しかし、帰ってくるときは一変して憂鬱（ゆううつ）そうでした。機嫌（きげん）が悪く八つ当たり気味のこともありました。ある日、ある人に言われました、『お母さん、パチンコにはまっているよ、余計なお世話だと思うけど、ほどほどにしたほうがいいよ』と。

信じられませんでした。来月から5万にすると約束しましたが、その理由がパチンコなら納得できません。私は、母にはっきり言いました。

『パチンコは、やめてよ！』と、温厚だった母が、くってかかりました。

『好きなことをして何が悪いんだ。仕事は今まで通りちゃんとやっている、パチンコだってりっぱな趣味だよ、勝つ時だってある、放っておいてくれ』と、

いつまでたっても平行線でした。

『分かったよ、では、お昼にかってに行くよ』

それから、パチンコ店に、土日は、必ず、昼頃に行きました。最初は無視されましたが、その内に一緒に帰るようになりました。もちろん大当たりの時もありましたが、それは稀（まれ）でした。母は、いつも、いつも、大損していたということです。

母は、私の10歳の時から大切な時間をすべて私の為に使ってきました。言えない悩みやストレスもいっぱいあったことでしょう。パチンコに代わる喜びはないのか、何かいい趣味はないのか、真剣に考えました。あった！　ありました、書道です。母は、私が高校一年の時、二年間書道を一生懸命、楽しそうにしていました、いつも嬉々として熱中していました。しかし、私の大学受験と『お金もかかる』ということで泣く泣く断念したと思い

ます。

増やした2万円を、書道にかけた方がよっぽどいいと思いました。書道の先生に掛け合いました、月謝は1万円、土日すべて、いつ来てもいいと言われました。本当にありがたかったです。道具はすでにあります、雑費は紙代と墨代等です、母に話したら、やっと、しぶしぶ承諾してくれました。そのおかげで半月前から、母はパチンコをピッタリとやめました。実は、母は、このままではダメ人間になる、いつやめようか、いつやめようかと思っていたそうです。よかったです、本当に良かったです。課長、心配はご無用です！」

「この話、早とちりの、遊び人の石田に聞かせてやりたいね」（女課長）

「森田君、石田君を呼んできなさい！」（女課長）

「ハイ！」

・・・・・

「あれ、帰ったそうです」（森田）

守護霊の涙（ハリウッドスターの大罪）

ヘッケン・Rは、1960年代のハリウッドの大スターだった。一時期、不動産で大儲けし三千億円を超える大資産を築いた人物である。

そのヘッケンも、晩年はやりたい放題のツケが回って、酒とドラッグに溺れ1998年、62歳の短い生涯を終えた。

彼は、死亡後、約六か月間、十分に静養して、記憶もほとんど全部よみがえっていた。彼の『守護霊』である「ハイネマン」は、今度こその思いで5度目の接触を試みた。

「何度も、何度も、頭を下げてお願いしてきたつもりです。過去の記憶も、もう完璧に蘇っているはずです。それなのに、あなたは私を罵倒して逃げ回っているばかりです。今日こそ、あなたの生涯、62年の『人生の真実』を、あなたの想いあなたのお考えをお話ししてください。お願いします」

「いつも、いつも、俺に付きまとって、もう、いい加減にしてくださいよ。守護霊だか、何だか知らないけど、私の人生を、どうしても、どうしても、聞きたいというなら、それなら話しますよ」

「まっ、確かに、62歳の人生は短かったかもしれないが、最高の人生、大満足の人生、実に楽しかったよ。金はあり余る程あって使い放題、まあ、やりたい放題の人生だったね」

「遡(さかのぼ)って、ご幼少の頃から、振り返ってお話してもらえませんか」

「あんた、うるさいね。守護霊さん、本当は、私の人生はすべて、全部知っているんじゃないの、守護霊はすべてを知っているって聞いたことがあるよ、そうなんだろ……まあ、いいや……

あああ……ここが、『あの世』だなんて、もう、本当にびっくりだよ。

『死んだらおしまい』『死んだら、すべてが、ジ・エンド』『続きはない』と思っていたから……無神論者だし、自慢じゃないが、信仰心は限りなくゼロだったからね。一か月間は自分が死んだのが信じられなくて完全に錯乱状態だったから、でもやっと落ち着いたよ、この世界にも慣れてきたよ……なにしろ、もうほとんど忘れていた細かい記憶まで鮮明に思い出せるんだから、……そうそう、小さい頃の話だったね。

知っていると思うけど、父はドイツ系アメリカ人で、俺が生まれた時は、すでに、フロリダ一の億万長者だった。アメリカも成長期で時代も良かったけれど。

親父は最高のケチだった、そうじゃなければ一代であれだけの財産は築けないよ。

兄弟は妹がひとりいた。

転機は俺が18歳の時だった。厳しい親父には、もういい加減うんざりしていたんだ、たまたま友達が勝手に出したオーディションでみごと合格して、信じられるかい、最初で主役だぜ！　190センチ、自分でもほれぼれする体躯と美形だったからね、顔は母親ゆずり、親父に似たら最悪だった。当時は、大富豪の親父が根回ししたって、マスコミが騒いでいたが、あれは大ウソだよ。俺の実力さ、まあ俳優としての天賦の才能だ。その証拠にその後は『サントロペ真夏の休日』を皮切りに5連続の主役。ハリウッドの申し子とか、フロリダの貴公子なんて言われたよ。映画のブロマイドも、月間2千万枚、今もその記録は破られていないはずだ。

だが、いいことばかりじゃなかった、俺の人生の最初の大失敗は、32歳の時、あのエリザベスと結婚したこと。スタイル抜群の容姿とあの妖艶な色気に惑わされて、結婚したんだが、とんでもない女だったよ、性格は超わがままで最悪だった。まあこっちも、わがままだからケンカが絶えなくて、結局、警察沙汰になる大ゲンカをして、五年で離婚。よくもったと思うよ。だが、俺はこの女には、びた一文やりたくないと思って、親父の紹介で最強の弁護団を組んだんだ、彼女には、不貞をでっちあげて、２歳のひとり息子（サムソン）の養育費のみで、特別な慰謝料はゼロ。弁護士費用の方がはるかに莫大だった。……息子は彼女が引き取ったよ」

「その息子さんは、その後、どうなりましたか？」

「あの女に、育てられたんじゃ、まともに育つわけないよ。27歳で自殺したよ。おいおい、守護霊さんよ、勘弁してよ、俺のせいじゃないよ！　全部あいつのせいだ、自業自得！

こちらは、その後も仕事は順調でスター街道まっしぐらさ。

ところが、42歳の時、運命が変わった。ワンマン監督で有名なジャックと出会ったんだ。あいつとは絶対に一緒に仕事はやりたくなかったが、俺も魔がさしていた。やつは、傲慢（ごうまん）で見下すような命令口調で撮影を何度も取り直す、結局、大ゲンカして主役を途中降板。

莫大な違約金を請求してきた。最強の弁護団のおかげで勝ったものの、その後は、すっかり仕事も来なくなってしまった。すべて、あいつのせいだよ。

でも、正直に言うと、もう大スターには飽き飽きしてたんだ。これからは、誰からも文句を言われずに自由奔放に生きていけると思った。俺は、実は親譲りの博才（ばくさい）があった、ビバリーヒルズ他、10か所、投資していた不動産が全部値上がりして、確かに時代も良かったかもしれないが、その時は、親父を超えたと思ったよ。三千億にはなっていたからね。

その後、二度結婚し、二度離婚したよ。子供も、5人できた。

えっ、5人の子供たちは、どうなったかって。

知らないね。関心ないね。

ところが、不動産の不正が発覚して膨大な罰金を取られるわ、肝心の不動産も大崩落したり、波乱万丈だった。まあ、一番の原因は、俺の放蕩三昧の浪費のせいだ、大金が潮（しお）が引くようにみるみるなくなっていった。

でも、神は私を見放さなかった。親父が、突然、心筋梗塞で75歳で亡くなり、望外の遺産が転がり込んで来たんだ。親父は、かつての大富豪の面影はまったくなくなっていたけど、それでも、50億はあったからね、親父には感謝しないとね。

問題は妹だ。

結局、もめに、もめた遺産相続で、40億入って、また、復活よ！

酒と女とバラの日々。

俺は、『死んだらおしまい』だと思っていたから、お金を残すつもりは、まったくなかった。お金は使ってこそ価値があるんだよ。

最後のベッドも、一日50万の専属看護婦付きの、最高レベルさ。元妻も子供たちも、誰ひとり見舞いにこなかったけれど。まあ、それは仕方ないよ。

まあ、ハリウッドに、我が栄光の歴史を刻んで、大金を思う存分使い、大いに楽しんで充実した人生だったよ。大満足の人生だよ」

・・・・・

「あれれ、守護霊さん、どうしちゃったの……

うつむいちゃって……」

・・・・・

「えええ、泣いてんの？」

《守護霊『ハイネマン』の涙の告白》

彼には、カルマを清算する大きなチャンスがありました。

彼の息子、サムソンです。15歳の頃から『心の病』となってしまい、27歳の時には、かなり重症でした、妻エリザベスは、サムソンが大きな心配の種でした。

父は、偉大なるハリウッドスター!!

逆に、それが息子には大きな精神的な重荷になっていました。

小さい頃からひどくいじめられていました。父は偉大なる映画スター。しかし、自分は一度も会ったことがない。いったい自分はなんなんだ。父にとって自分は何なんだ。なんで会いに来てくれないいんだ。なんで助けに来てくれないんだ。父に会いたい、その思いは子供の頃からどんどんつのるばかり。彼は、成人になってからも、仕事が長続きしない、だんだん自暴自棄になって行きました。

見かねた、エリザベスは、意を決して、元夫、ヘッケンに電話をしました。お願いだから、息子に会ってほしいと。現在の息子の状況を詳しく話し、息子の父に対する並々ならぬ思いを伝えました。

彼は、言い放ちました、「今は、撮影中だ、ラスベガスにいて会えない」終わったら電話すると。しかし、いつまでたっても電話はない。息子の精神状況は極めて深刻。なんとしても、会わせてやりたい。エリザベスは必死の思いで、神に何度もお願いしました。その思いは、エリザベスの守護霊、リッチマンに伝わりました。そして、リッチマンから、私に、インテレ（霊的通信）してきました。事は緊急を要する。息子サムソンの守護霊、リッチマン、そして私の三者会談が開かれました。

そして、最大のキーパーソン、まさにヘッケンの守護霊、私、『ハイネマン』が、重大なる責務を負うことになりました。私は、24時間インテレし続けました。彼が、気付くように。そして、彼は反応しました、息子に電話を掛けたのです。

なんと、三日後に、エリザベスの家で会おうと。

彼は、ロールスロイスを自ら運転しました。運悪くその日は専属運転手が急病になり運転せざるをえなかった。車で約三時間。

そして、行く途中、事故りました。これは、私にも分からない運命です。私は、激しく動転しました。私は、すぐに、強烈なインテレを送りました。ケガはないのだから車は乗り捨ててタクシーに乗れと、今からなら十二分に間に合う。

が、しかし、彼は一億円のロールスロイスが気になり、相手とけんかをして、「最悪だ！　今日は中止だ！」と叫びました。

ああああ……

彼は、なんと電話もせずに、近くのホテルのバーで、愚痴をこぼしながら、大酒を喰らい泥酔しました。泥酔状態ではインテレは全く伝わりません。そのままそのホテルに泊まりました。

早朝、彼は、はっとして、正気に戻り電話を入れました。

しかし、サムソンは、自殺していました。

12時間待ったあげくに、失意の自殺。

私は、涙を流しました。

この結末だけは回避したかった。自分の不甲斐なさ、力不足を痛感しました。

その後の彼の人生も反省なき、やりたい放題の人生でした。

もちろん、彼の息子サムソンもこの世界で生きています。魂は不滅です。ここで新たな人生を歩んでいます。元気でやっていますかと問われれば、残念ながらハイとは言えません。決して、無間地獄にいるわけではありません。なんと、もう長い年月が経っているにもかかわらず、父、ヘッケンを許していません。過去を大きく引きずっています。多くの霊医が彼のこころ（魂）を癒すために治療にあたっておりますが、彼のこころの闇は深く、激しく過去に執着しております。この世界の一番の下層部で、うごめいております。

死んで間もない彼（ヘッケン）は、このことを全く知りません。彼には、背負っているカルマ、解消すべきカルマがたくさんあります。まず、真実を知ることです、反省すること。これがないうちは先には進めません。この世界は、魂の進化・向上の世界です。私は、彼の最大の理解者です。彼の守り人です。彼を導く人です。彼を見捨てることは絶対にありません。彼と一緒に重荷を背負う覚悟です。

《告白Ⅱ》

この世界には、肉体がありません。魂は、もう鳥かごから放たれた鳥のように、完全に開放されています。さなぎが美しい蝶になって大空を飛び回っています。本当の自由の世界です。

この世界こそが、真実の世界、実在です。永遠に続く実在です。

死は、終焉ではありません。悲しむべきことではありません。

皆さんは、赤ちゃんが生まれると喜びます。しかし、私たちの世界ではお別れです。同じように、地上の死は、永遠のお別れ、悲しみですが、こちらの世界では、帰って来た霊を「頑張ったね」と言って多くの霊たちが喜んでお迎えしています。これが、真実です。

死は、肉体から解放される新たなる旅立ちです。第二の復活です。

魂は、永遠です。

彼は、あの世はないと確信していました。しかし、現実にはあった。彼は、大きな混乱の中にいます。

彼は、この世界がどういう世界なのか、まだ理解していません。

この世界には、肉体がありません。「こころ」がすべてです。「魂」がすべてです。魂こそが実在です。大事にしていた財産、地位、名誉などは、ここでは全く役に立ちません。

しかし、肉体という重い鎧(よろい)をつけている限り、そのことを理解できないのは、私どもも十分理解しています。

私が、ヘッケンの守護霊になったのは彼が生まれる前です。自分で願い出ました。

実は、私は、彼の曾祖父です。現世で、一緒に過ごしたことはありません。

守護霊の資格は、彼が生まれる前のご先祖、縁故者、友人、彼のことを全く知らない人、色々です。

私は、彼より、あの世で多く過ごしております。彼よりほんの少し学んでおります。

彼は、生まれるとき、重大なる使命（カルマの清算、人生の目的）をもって生まれてきました。しかし、それを一度も気付くことがありませんでした。

守護霊は、文字通り、彼を守る人、彼を導く人、彼を指導する人、彼の最大の良き理解者であります。私は、彼の人生のすべてを知っております。

目的は、彼が、自分の人生を、その選びし『ステージ』で、いかに一生懸命に生きたか、そして、いかに『学んだか』に尽きます。人の人生の歩むべき枠組みは大筋で決まっております。問題は、その大筋の中で何を考え何をするかです。大切なのは日常です。日常の行いです。すべては実践です。そしてその中身です。

しかし、残念ながら、私は、彼の人生に対して直接手を下すことはできません。彼のために人生を肩代わりすることは許されません。すべては、彼からのインスピレーションがくれば、答え、インスピレーションで返す。こちらから、どんなにインスピレーションを送っても、彼に受け入れるこころがないと、時としてまったく無駄に終わります。すべて、彼の『霊性のレベル』いかんです。彼が、心の扉を開かない限り、私たちは、何もすることはできません。ただ、黙って見守るだけです。しかし、どんなに悪行を繰り返しても、彼を見放すことは絶対にありません。実は、他にも多くの霊が、彼の背後霊として、常に彼に手助けしております。すべてはそれを受け入れる心です。

この世界は、すべての人が神の無限の愛でつながっております。一人として孤立している人はいません。彼の人生の最大の目的は、こころ（魂）の進化、向上です。いいかえれば、人のために尽くす、利他のこころ、奉仕のこころです。人生は、楽しければいい、それだけではダメです。人生は快楽の追求ではありません。無償の行為、見返りを求めない、それが本当の愛です。この世はすべて相互扶助の世界です。困っている人がいれば進んで手を差し伸べる。すべての霊が強い愛の糸（絆）で、つながっております。愛がすべてです。そこには争いも戦争もありません。この世界は、本当にすばらしい世界です。

そして、私は、彼の為に、どれだけのことをしてあげられたかと。

彼は、強がっていますが、いいこともしました。まだ、可能性があります。しかし、まいた種は刈り取らなければなりません。神の摂理、神の公正は完璧です。犯した罪が、見逃されることはありません。これから彼は「自省の世界」に入ります。すべては、彼自身のこころです。あきらめてはいけません、とどまってはいけません、10年かかっても、100年かかっても、私は、彼を守り続けます。私は、彼の最大のソウルメイトです。

そして、彼自身です。

占い師　銀子

目の前に、占い界の重鎮・女占い師がいた。その圧倒的な存在感。私は、極度の緊張と真っ白になった頭で、記憶が飛んだ。父に言われた質問が、『占い師として大成しますか?』、当時、若干20歳。占い歴は、0年、確かに勉強歴は5年あるが、街頭に立ったことさえない。

父に言われたとおりに質問しただけです。

「あんた私を馬鹿にしているの」その後は、まったく覚えていません。父を恨みました。いずれにせよ、この衝撃は、私の占い人生、生半可なことでは大成しない。占いとは人生そのもの。最終的には、人間力が問われると痛感しました。

ただ、当たればいいというレベルではダメ、その人間の度量、器、相談者とどれだけ向き合えるか、そして、そのこころの内面（深層）にどれだけ入り込めるか。会った瞬間、そして、それから数分以内に、どれだけ相手の心を開かせ、『こころ』を読むことができるか、それが「俺流」の『霊感占い』です。

父は、偉大な西洋占星術師です。ホロスコープが命。頑固な占い師です。今はやりの「癒し系占い」とは程遠い「辛辣系」です。だから、人気はありません。時流には乗れません、若い女性はあまり来ません。インターネットは大嫌いです。曰く、自分は本物の正統派、真の占い師だと。悪く言うなら時代遅れです。しかし、同じ西洋占星術では、私がどれだけ勉強、努力しても、父を超えることはできません。父の厳命、『俺の後を継いでくれ』、その呪縛（じゅばく）から逃れんがため、反発心、まったく違うことをする。父のアドバイスが全く通用しない分野、「俺流で行く」よりないと思いました。現在、私は35歳です。老兵は去り、世代交代、若き女占い師が急増しております。理由は、男と女。愛憎、不倫、略奪愛。自己中の愛、エゴ、まさにゆがんだ苦悩する現代社会の愛、『恋愛相談』が圧倒的に多いからです。しかも、女性に大人気のタロット、各種カード占い、四柱推命、算命学、気学、風水、九星、手相、人相、方位、易、トランプ、数秘術、そして姓名判断。何でもありです。新しい分野（スピリチュアル・セラピー・ヒーリング・レイキ・インナーチャイルド等）もどんどん増えています。昔懐かしい八卦（はっけ）占い（ぜい竹（ちく）をガシャガシャする）はまったく見かけません。

この業界は、はっきり言ってなんでもありです。資格なしでOKです。大きな度胸と厚かましささえあれば、我流で学んで、一年後には、りっぱな自称「占い師」が誕生です。路上で、怖いお兄ちゃんに、「うちのシャバで、何やってんだよ」と、いちゃもんをつけられなければ、どこでも立つことができます。
設備投資はいりません。でもあまり稼げません。ひとりでは大変です。今、「占いの館(やかた)」が大ブームです。行列ができる占い師が、自動的によく当たる占い師ということになります。全国には、たくさんの占い師がおります。しかし、魂が揺さぶれるような、震撼させるような『本物』はごくわずかです。

お世話になった、山下編集長が、交代ですって、どういうことですか。大ショックです。理由は何ですか？

月刊「ミラクル」は、初代、山下編集長が世に問う、本格的月刊「占い誌」です。売りは、ある人の人生相談を3人のジャンルの違う人気占い師が占う「今月の真実」そして、前人未到、業界初、『占い師を占い師が占う』最も危険なる企画。ある超能力者が「本物の占い師を求めて巡礼の旅にでる」そして、その実力をAからEまでのランキングで表す。ズバリ、「神谷(かみや)霊子の霊力巡礼の旅」です。
はっきり言って、とんでもない企画です。個人情報が厳しく、誹謗中傷(ひぼうちゅうしょう)が蔓延(まんえん)し、名誉棄損で訴えられるのがこの業界の常です。中小零細出版社は、一発で倒産です。

それなのに、占い師を占うだって、危険すぎます！

その危険を世間知らずにも請け負った人。

それが、私、『神谷（かみや）霊子』です。霊子と書いて、「れいじ」と読みます。男です。編集長がかってにつけた芸名です。まだまだ若造の35歳、占い業界ではまったくの無名。有名なのは「星占い」の重鎮、革命的先駆者、父です。「神谷聖治」です。

ただし、編集長が私を指名したのには理由があります。四年前、大学ＯＢのＫゼミ（心理学ゼミ）の二次会で隣席となり、初対面の山下さんと名刺交換、なんと肩書が「月刊誌ミラクル編集長」私は「霊感占い師　神谷光一」いっぺんで意気投合。そしてお酒のせいで大ぼらを切りました、「僕の実力は、父を超えています」と。

待ち合わせの場所は、東京駅丸の内、パレスホテル東京の６Ｆ、ラウンジバー「プリヴェ」お気に入りの場所です。窓からは皇居が見え、東京タワーも見えます。６Ｆですが、高層階から見下ろすような、別世界の雰囲気。『都心でありながら、美しい緑と水に恵まれたホテル』のコンセプト、キャッチフレーズの通りです。私は、自由業のきままな占い師、もう一時間前から瞑想をしながら、プレージュの赤ワインを飲んでます。

実は、ここは山下編集長の行きつけの場所であります。四年前、彼と初めて出会った場所。

「どう、ここいいでしょ」

「いいですね、落ちつきますね」

一発で気に入りました。仕事でも時々ここを使っていました。トラブル、悩みごと、何でもここで腹を割って話せる、不思議な空間です。待ち合わせの10分前に編集長が現れました。

早く来た方が、勝手に飲んでいていい、という暗黙のルール。

気さくで温厚、申し分ない編集長でした。私の霊感でもAレベルの人。まあ、実際のところは、はっきり言ってズバリ相性がいいということです。偽りのない自分をだせる、年齢を超えて気さくに話せる大先輩として尊敬できる。

そして、ほぼＰＭ７時、ついに待ち人、今回のメインの人が現れました。

「彼女が、九条さんです」

ええ、……

目の前に現れた人は、……啞然という言葉がピッタリ。

（聞いてないよ！）

（新、編集長って、女性なの？）

（しかも、若い！）

一瞬、山下さんに目配せして、（話が違うでしょ、そうならそうと、前もって言ってよ、『会えばわかるよ』じゃないでしょ。……ハメられました。こちらも、心の準備というものがある）

「神谷です、よろしくお願いします」

「九条です」

名刺には、編集長、九条英子とありました。

えっ、この女いくつなの、同じぐらいに見える。即、聞きたいのは、年齢だ！

やくざの親分、特捜の検事、悪徳不動産、その、次の、次の、次あたりが、編集長だ。

ほめ過ぎか悪口かは微妙だが、50歳以上の、いろいろな人生の苦難を乗り超え、苦闘のしわが刻まれた、一見怖い顔をした「辣腕」編集長が私のこころの中の最大イメージです。

ああ、それなのに、ここにいるのは、ごく普通の主婦、いや、主婦じゃないです。ＯＬですね。人生経験はあまりなさそうです。年齢も私とたいして変わらなく見える。

何かの間違いでしょと思いました。

ここで、重大なお知らせがあります。私は日常生活では、ごく平凡な35歳の男です。はっきり言って、まだまだ未熟者です。人生経験と言っても、生死を懸けた困難を克服したとか、大失恋をして自殺をしたいと思ったが思いとどまり、乗り越えましたとか、……全然ありません。今のところ人生順調です、大きな苦労をしたこともありません。『霊感がある』と言っても、毎日毎日、ピリピリと霊感を駆使して生活しているわけではありません。人に会った時もそうです、みなさんと全く同じです。いい感じな人だなとか、わあ〜感じわる〜とか。一応、その程度です。

基本的には、霊力を使うのは「霊感で占う」時だけといってもいいかもしれません。というと、なんだ、ただの人だと思うかもしれません。

とんでもありません。

まず、私の10m以内に入ると、私の最高感度の霊的なセンサーが、かってに自動的に作動します。根っからの凶悪犯、殺人者、激しい憎悪、怨念、怒り。前方から、横から、斜め、たとえ後ろからでも、感知した私は、その恐怖に足早にその場を立ち去ります。あるいは大きく右へ左へ曲がります。また、山の手線で電車に乗り、席が空いてるのを見つけて、そこを目指そうと、まさにその瞬間、空席の隣の男が、強烈な悪のオーラを放っている。私を震撼(しんかん)させてUターン、又は、他の場所へと出来るだけ離れようとします。悪のオーラとは何か、私は『悪しき霊性』と思っています。その高感度センサーは、『時』と『場所』、『ふとした瞬間』、色々な場面で無意識に突如として発動します。

以前、警察沙汰になった思い出（事件）があります。

一番最初に入社した生命保険会社での出来事です（24歳の時）。私は事務方で直接的な営業マンではありませんでした。支社の応接室での出来事です。ここは、オープン型で近くを通れば、ああ、「生命保険契約の交渉中だな」という風に分かります。先輩のT営業マンが保険の契約で話していました。私は、なにげなくそこを通りました。通った瞬間、まさにその瞬間その男と目が合いました。

かつて、感じたことのないような『恐ろしい悪意』を感じました。私との距離は2mぐらいでしょうか、高感度センサーが恐怖心で壊れそうになりました。

その男が帰った後、すぐTさんに聞きました。

「なんだったの?」と、

「七千万の生命保険の新規契約」だと大変喜んでおりました。

「なにか嫌な感じしませんでした?」

「いいえ、全然」

その後、大変なことになりました。大きなワナが仕掛けられていました。永遠と続く理不尽な脅迫です。目的は『お金』の要求です。保険会社にとっての最大の業務妨害です。支社長が交渉にあたりましたが解決できずに、支社長から本社へ連絡。その男は指名手配となり、結局、警察につかまりました。最初の日から半年後、わが支社に警察官が手錠をした犯人を伴って実地検分に来ました。私は、六か月ぶりにその男を見ました。今度は、一瞬ではありません。まじまじと見ました。うつむいたままのその男に、悪のオーラはありませんでした。ごく平凡な気の弱そうな男でした。

私の霊感は、多くの霊感師が体験する、いわゆる子供のころから霊が見える、公園で妖精や不思議な子供たち（霊）と遊んだ。見えないものが見える、過去が見える、未来が見える等のお話とは一線を画します。俺流はズバリ「霊性占い」です。私が学んでき来た心理学でいえば、究極の奥義『他心通』、『人のこころが読める』です。

現れた、九条英子は、編集長らしからぬ、偉ぶったところがまったくない「いい感じ」のひとでした。丸顔で、ふっくらしています。

「占いの専門家じゃないので、分からない事ばかりですが、よろしくお願いします」

（ええ、ここは占いの専門誌ですよ、いくらなんでも……それともご謙遜ですか？）

彼女に対する私の情報量はゼロです。山下さんの私を驚かしてやろうといういたずら心か、後でゆっくり彼女のことは教えてやるからなのか、何も教えないよ～なのか。自分の霊能力で調べてみたら、なのか……

一番知りたいのは、彼女が編集長に抜擢された理由です。きっと、そのうち分かる時が来るのでしょうが……

山下さんは、47歳。みずがめ座のA型、ちょうど私より一回り上です。80歳のお母さんが脳梗塞で倒れて一命を取り留めましたが、親一人子一人「お前がいてくれないと、私は死んじゃうよ」苦渋の選択が、会社を辞めて母の介護に専念するということでした。月刊「ミラクル」にすべてを賭けていた男。しかし、彼を引き留める言葉を、私は持ち合わせておりませんでした。編集長のおかげで、ここまで来ることができました。三年という短い間でしたが、未熟な私を占い師として育てていただき、色々な人生を学ばせてもらいました。本当にありがとうございました。

「読ませていただきました、神谷さんの巡礼の旅、実は今回三年分まとめて読ませていただきました。すばらしいです。神谷さんの語り口、軽妙洒脱（しゃだつ）のお話、ファンが多いのもよく分かります」

「そうなんですよ、彼には相手の占い師を絶対に怒らせない事、これを厳命しました。誹謗中傷（ひぼうちゅうしょう）と思われたらお終いです。よってランキングはどうでもいい、とにかく裁判沙汰にならないこと。そして、如何に占いに興味を持ってもらうかです」

「読んでいて、思わず吹き出してしまいました、神谷さんのお人柄があふれています。あれでは、怒りたくても怒れません」

（あああ、私の最大の悩みはランキングです、人が人を評価する、これは傲慢以外の何物でもありません。だから、自然にああいう洒脱な文章になる、私の「お人柄」ではなく逆鱗に触れて訴えられると怖いからオブラートでつつみ文章でごまかしているだけです）

「九条さんは、神谷君のちょっと上だけど、うまくやっていけそうだね。まったく、心配はなさそうだ」山下さんが笑いながら言った。

「どっちみち、バレますからはっきり言います。先月で40歳です。いつも若く見られますが」

と微笑んだ。

（えっ、待ってください、九条さんは40歳ですか。ウソでしょ、どうみても30代前半ですよ……信じられません。申し訳ないけど『ばばあ』じゃないですか。カルチャーショックじゃなくて、『エイジ（年齢）ショック』です。自分より若く見える年上の女。もう立ち直れそうにありません）

「問題は、次回だけど、どうしよう。私も母の介護でいいターゲットを見つけられなかったけど、さっそくですが九条編集長、いい人いますか？」

「神谷さんは、どうですか？　来たばかりで恐縮ですが、今大評判の、銀座の『銀子』さん、第二候補が、山形市の数霊占いの、「ローズまりー」などはどうでしょう？」

おいおい、新編集長、詳しいじゃないですか「猫を被る」といいますが、これでは雌ヒョウですね。
・・・・・
「銀子さん、いいですね。私も、今、最も注目している女です。なんといっても神秘的、銀色の仮面を付けた私と同じ『霊感占い師』。ネットの評価は断トツですよね、デビューしてたった六か月でアクセスが多すぎて自ら遮断。どうしちゃたんだと、喧々がくがくですね。

では、私が、銀子の化けの皮をはがしましょう。私の霊力で強力にインテレ（霊力で心を読む。深層心理、こころの中に入りこみ真実を暴く！）してきます」

「わあ、楽しそう！　来月号は、世紀の霊能力対決！　また読者が増えそうですね」

「おいおい、待ってくれ、今まで通りだよ。常に冷静に、相手に最大限の敬意を払って、頼みますよ、神谷君、土下座はこりごりだ。裁判沙汰は絶対にダメ」これが山下さんの退職の最後のメッセージ。

銀子

ネットがすごい、「銀子さん最高！　こんなに当たるなんて信じられない！」といった絶賛の声が多数。土日限定の完全予約制。占いははっきり言って、そんなに当たるもんではありません。当たるも八卦（はっけ）、当たらぬも八卦（はっけ）、それなのに……

銀座のど真ん中、今、「銀子」指定のビル３Ｆの一室の前にいます。

驚きました、銀座の超一等地、そこにりっぱな10畳ぐらいの一室があります。なんと、今回電話を受けた受付嬢がいました。部屋はかなり広い、奥にはきっと、彼女がいるのでしょうか。光沢のある黒のカーテンが引いてあります。周(まわ)りを深く深呼吸してゆっくり見回しました。壁一面が輝く黄色、決して黄金ではありません。

そこに真っ黒な無限大∞のマークが幾何学模様をなして無数に描かれております。何か特別な意味があるのでしょうか？　私にはまったく意味不明です。

黒いカーテンを開けました。

そこには、『ダースベーダー』がいた！

強い衝撃が走った。

えっ、今日はカボチャの日（ハロウィン）なのか？

「どうぞ、おすわりください」

「お名前を、お願いします」

「神谷光一です」（本名を名乗った）

暫くの沈黙があった。

彼女？　は、銀の仮面（目だけを隠すタイプ）をかぶった女性のはずだ。この漆喰の黒、しかも、この衣装はダースベーダー（ＳＦ映画のスターウォーズの悪のヒーロー）とまったく同じ。全身が黒。こんなのは、１００人以上あった占い師ではもちろん初めて、人を馬鹿にしているのか、おちょくっているのか、そもそも、このままこの衣装で占いをするというのか？

まったく、調子が狂ってしまった、ありえない！

「今日の、相談はなんですか？」

おいおい、声が違う、これは男の声だ。

違う、声に音声処理を施している、重低音の余韻のある声。驚愕だ！　これが神秘的な最新占いの進歩型と言いたいのか。

・・・・・

「恋愛です」

「分かりました。では、両手の手のひらを開いて、目の前に出してください」

彼女？　は、私の両手の上に、そっと自身の両手をかぶせてきました、それは分厚い黒の手袋でした、冷たい感触が微妙に伝わってくる、触れるか、触れないか……。

そして、

「恋愛ですか、あなたのこころには、恋愛に関しての強い思いがまったく伝わってきません。ウソはつかないでください、占いはこころの真剣勝負です。こころを解放してください。ウソはこの神聖な場にはまったくふさわしくありません。

この状態で、静かに瞑想してください、三分間です」
・・・・・
目をつぶって、瞑想のふりをしました。こころの整理がまったくつきません。体験したことのない流れです、疑惑が渦巻く、この女はいったい何者なんだ。

「では、もう一度、聞きます。あなたの質問はなんですか？」

ああ、困った、困った。

私から、見える唯一のものは、『銀子』の目です。眼光鋭く威圧するかのようです。目の周りを化粧しております、わざとでしょう。悪魔の化粧のつもりでしょうか。これではまともに目を見つめるのも怖いです。

しかも、彼女の目線は、私のより上です、私は身長が１８０センチ、このダースベーダーは２ｍあるということか？　これも演出ですか？

これでは、お客さんは、特に若い女性は二度と来ないでしょう。恐ろしくて。

「すいません、恋愛の悩みではありません。私は、独身主義者です。結婚する予定はありません。でも、一生このままでいいのか、将来、多少の不安があります。今は、仕事が楽しくて仕方ありません。でも、60歳、70歳になった時、ちょっと不安です……」

あああ、まともに言ってしまった。ワナにはまった！

もともとの、この企画は、『神谷霊子(れいじ)の霊力巡礼の旅』。もちろん霊子を名乗ることはありません。姓名判断の時は本名「神谷光一」を名乗りますが、他には「鈴木光一」「高橋光一」などを色々と使い分けております。生年月日は正直に言っております。そして、ここが大問題です。私の占い診断の、こちらからの相談・質問は、ほとんど『恋愛』です。これが一番分かりやすいし、私には押し問答の１００回ぐらいのパターン経験がすでに頭に入っております。どんな局面でも、すらすらと大ウソを言っております。持ち時間は一時間前後。経費はすべて会社持ちです。10万円かかったこともあります。とことん質問し

ます、聞きだします。私が納得するまで。

この企画の本質は、その占い師の『真の実力』です。しかし、それだけではありません。いかに『こころ』ある回答をもらえるか、その回答に私が納得できるか満足できるかです。私からの切り口は色々、結論も色々です。最終的には、①実力（あたるかどうか）②占いの経験値 ③占いの知識 ④話術、等ですが、実は、私の最終判断は、誠に失礼ながら、その占い師の『総合的な人間力』です。そしてその占い師の「霊性（魂）のレベル」が、判断の最終基準（結論）です。だからこそ私は『霊感占い師』と名乗っております。そして、A～Eまでの5段階。いままで不採用（雑誌に掲載されないもの）も含めて、Aがゼロ、Bが3割、Cが5割、Dが2割です。Eはいません。

そして、今回は……

「あなたは、またウソを言っております。独身主義者はウソです。あなたはそれがウソであることを自分自身まったく気付いておりません。本当の独身主義者は、開口一番にそのようには言いません。あなたの深層心理は『愛』を求めております。それを自己否定するため自己防衛するため、人生の同じような場面で、結婚の2文字の追求を逃れるために無意識に言いつづけております。独身はあなたのコンプレックスです。あなたは間もなく40歳になります。その時、あなたは真実の声を自分自身の内面から聞くことになります。深層心理、隠そうとすれば隠そうとするほど、真実のこころが見え隠れしています」

おいおい、待ってくれ、それは、私の大学の卒業論文だぜ、『心理学と占い』が心理学科の私の卒業論文の表題です。そしてあのK教授から「すばらしい」とお褒めのお言葉をいただいたくらいだ。冗談じゃないよ、どこのどなたか知りませんが、お前ごときに言われたくない！　大いなる怒りと、驚嘆、戸惑い、そして「なぜ」という真逆の「尊敬の念」、それらが一色単にやってきた。

「あなたは、今、ゴールデン・コードとつながろうとしています、分かりますか？」

「分かりません、何のことですか？」

「運命の糸が近づいております。私が、いまだかつて感じたことがないほどの強さです。強いオーラ、強い糸を感じます。前世からの強い糸です。

あなたは、それを感じていますか」

「いえ、まったく感じておりません。それって、恋人、愛する人のことですよね」

「もちろんそうです」

「自分では、まったく分からないはずです。一週間以内、一か月以内です。出会いの方々のなかに、あなたの運命を根本的に変える人がいます。確信をもって申し上げます。今日は、ここまでです。今日は席料はいりません。お金の心配をしないでください。必ず、もう一度来てください。出来れば一か月以内に」


受付嬢がやってきた、次の約束をして、外に出た。


ああ、どういうことなんだ、こんなことがありえるのだろうか、あの恐ろしいまでに自信に満ちた『確信』は何なんだ。

私は、まるで夢遊病者のように銀座の夜の街を徘徊(はいかい)した。

ふと、我に返って、喫茶に飛び込んだ。そして無意識のうちに九条編集長に電話した。

「銀子さんに会いました、報告したいことがあるので、あした月曜日事務所に行きます」と。

そして、旧、編集長、山下さんにも連絡してしまった。

「突然、すみません。今日、銀子さんに会ってきました。まったくの、予想外の人でした。お願いがあります。銀子さんの情報をできるだけ知りたいのですが……」

山下さんは、占い師としての経験は10年ですが、心理学研究の第一人者でもあります。私同様にK教授の薫陶を受けた者同士です。しかも、臨床心理士、ＦＰ。心理学に精通し、業界通であり、多くの占い師に慕われ尊敬されております。

ブラックコーヒーを飲みながら、起こったことをもう一度冷静に振り返ってみた、相手を占うどころではなかった。私からの質問は何一つ言えなかった。すべて彼女のペースだった。ダースベーダーの厚い鉄板に阻まれて、まったくインテレ（霊感で相手の心を読む）が出来なかった。というよりインテレする余裕もなかったというべきか。

本当に情けない、こんなことは初めてだ。何より、彼女はすでに私の個人データを全部知っているのではないかという疑念。……私の両手の上に置かれた彼女の黒い手袋、そこらか私の心を読み取っているというのか？

それより、自分のことが気になる、彼女は一か月以内に私に運命の女が現れると断言した、もし現れなかったらどうするつもりだ。もう一か月延ばすつもりなのか。それとも逃走、失踪するのか。彼女の評価は、もう、文字通りの世紀の霊能占い師か、とんでもない大ペテン師か、最高のAか、最低のEか。それとも心理学の『奥義』を極めた人なのか？

……

月曜日、麴町三丁目の事務所に赴いた。

ただならぬ気配を感じたのでしょうか、隣の喫茶「ドトール」でと言われた。

私は、開口一番、

「銀子さんの件、5月号にしてもらえませんか。来月号は申し訳ありませんですが、不採用の中から間に合わせます、ご迷惑はかけません。来月の締め切りには間に合わせます」

「えっ、どういうことですか。いったい何があったのですか」

「まったくの想定外でした。なんと、彼女は、ダースベーダーの恰好をしていました。彼女のワナに、まんまとハマってしまいました。私の完敗です！

後で、冷静に考えてみました。心理学の『誘導法』です、大きなショックを与えるような強烈な心理的パンチを与えて、心を動揺させて深層心理に深く入り込む、反発できない状況をいいことに一方的に言葉巧みにしゃべりまくる（マインドコントロール）というやつです。私は、今回、まったくの無防備でした。次回はそうはいきません。大逆襲です。今度はこちらから誘導します。私も『霊能力者』の看板を掲げています。このままおめおめ引き下がれません。

ただし、彼女は私のことを知っていると思います。そのために顔を出せない。それなら、その化けの皮を暴いてやります。

でも、もうひとつの方法も考えています、この方が現実的かも知れません、まんまとそのワナにハマってやろうかと……

今、迷っています。

彼女の言うがままに当分その流れの中にいた方が、いい結果が得られるかもしれない。真実の銀子に会えるかも知れません。

実は、銀子は、私に、『一か月以内に運命の女（ひと）が現れる』と予言しました。それなら、是非その女に会いたいですからね」

「聞いただけで、わくわくしますね。相手も相当の女（ひと）ですね、天下の神谷さんを翻弄させるんですから、でも、本当にいい女に巡り合えたらいいですね、あら、これじゃ、銀子さんのワナにハマるのかな。でも、いいじゃないですか、もし一生の運命の女に会えるなら」

彼女が微笑（ほほえ）んだ。この人は、本当にいい人です。

「それと、銀座の一等地にあの事務所。大きなスポンサーがいるのか、あるいは彼女が資産家の令嬢とか、店のディスプレイにも相当お金をかけています。従来の『貧乏占い師』とは大違いです。

あと、大胆な予測ですが、本当は男かもしれません。ニューハーフかもしれません。実は、彼女の声ですが、音声操作をしているんです。あの映画の本人のように、重低音で。編集長、考えられますか？　本当のことですよ。なんで、そこまでする必要があるのかよく分かりません、単なる異常なコスプレ（仮装）マニアかもしれません」

「えっ、すごそう、ぞくぞくするわね、私もダースベーダーに占ってもらいたいわ」

「待ってください、決着がつくまでは。銀子さんには、二週間後に会います。また、ご報告します。いい報告ができるといいんですが」

今度の日曜日に、上野の居酒屋「上野市場」で、23年ぶりの小学校のクラス会があります。銀子のいう「出会い」とは、このことを予知しているのか、それ以外には、女性との出会いの予定はありません。30名参加。女性ももちろん来ます、誰が来るかは分からない。『卒業写真』を引っ張り出して見た、ユーミンの歌を思い出した。みごとに振られた初恋の富田裕子さん、一番勉強のできた岩間さん、二学期に転校してきたエキゾチックなハーフの工藤さん、どんどん思い出してきた。正直、今回は男はどうでもいいのです。

23年ぶり。みんなきっと結婚しているでしょう。運命の女どころか、がっかりするのかもしれない。みんなが色々な人生を経験してどう変身したか。そして、語り明かそうじゃないか、腹を割って思いのたけを。人生に乾杯しようじゃないか。

時の流れの中で、人はだれとめぐり逢いましたか、
時の流れの中で、人はどう変わりましたか、

つたない詩が浮かんだ。私は、独身です。まだ、まだ、可能性があります。日曜日が楽しみです。


「神谷さん、私を覚えていますか?」

席を、飛び越えて女がやってきた。

えっ、正直、覚えていません……口ごもっていると……

「ええ、覚えてないの、隣の席だったのに」

「まさか、山田さん」

「違う! 山田さんは、斜め前。私は高木美穂、分かった」

「えっ、整形したんですか」かましてみました。

「ひどい～！　美しくなったんです、女になったんです」

おいおい、そんなことまで聞いてないよ。

「独身なんですか?」ダイレクト殺法です。

「別れました、神谷君が冷たかったから、人生を誤りました」

おいおいおい……飲みすぎだよ。

「一度、大きな声では言えませんが、神谷さんにラブレターもらったことあるのよ」

(それはないでしょ。ラブレターは、今日は来ていませんが、振られた富田さんに一度出しただけです。何かの間違いです。他の人です!)

「神谷さん、今、何してるんですか?」

「病院で、『心理カウンセラー』をしています」

「難しそうな仕事ですね?　なんとかカウンセラーですか?」

(実は、私は、占い師のほかに、契約社員として週に三日病院に勤務しています。山下さんの紹介です。生きていくためです、生活のためです)

彼女は酒豪でした。八海山がどんどんなくなります。

同時に、彼女のことをどんどん思い出してきました。小学校時代はさっぱりした顔立ちの清楚な樋口一葉でした。でも、今はど派手で酒乱の樋口一葉です。過去と現在の記憶の線が一致しません。でもとても楽しい人です。いい人です。相性は悪くないです。

しかし……

飲み友達としては最高ですが……

結局、彼女は、ずっと隣にいました。

泥酔しました。私は酔っぱらった彼女を一生懸命に介護しました。これが愛というのでしょうか。

三日後、まったく思いがけない人からお誘いがありました。編集部の田辺敦子さん。わが社は、下請けの弱小出版社です。正社員が４名。契約社員が私を含めて４名。彼女は、九条編集長の部下ですが、私との接点は少ないです。つまりもう一方の目玉「今月の真実」の編集補助です。忘年会、新年会、何度か飲んだことがありますが、おとなしいけれど仕事はテキパキと速くてできる人、確か30歳ぐらいだったと思います。

数年前、忘年会の帰りに10センチぐらいの段差にハマって骨折、救急車に乗って病院に連れて行ったことがありました。入院して、お見舞いに銀座千疋屋（せんびきや）の「マロンプリン」を持っていき、これ大好きなのと、えらく喜んでもらいました。また、業界の忘年会では、私が司会で忙しくて、細々とした雑務のすべてを嫌がらずにやってくれました。

その彼女が、私の目の前で、突然こう言いました。

「以前から、ずっとあなたのことが好きでした。今日、思い切って言います！」

ええぇ、驚きです。飛び上がる程うれしいです。でも、申し訳ないけどまったく気が付きませんでした。霊能力者失格ですね。

でも、だから、どうすればいいのですか？　どうしたら、どうすれば、……『思い』と『言葉』が交錯する。

私の人生、35年。男としてこんなにうれしい言葉を言われたのは初めてです。一生の間に2、3回しか来ないという『モテ期』に今週から突入したというのでしょうか？

銀子の予言通り、この人が運命の女なのか？

「私、来週、九州の実家に帰ります。帰ってこい、いい人がいるからお見合いをしろと。私は一人っ子で、両親もさびしい思いをしてきたと思います。東京の大学に行かせてもらい、今まで好き勝手なことをさせてもらいました。昨年は、父が入退院を繰り返しました。でも、父のお見舞いには一度も行けませんでした。

まだ、赴任したばかりの九条編集長に、退職の申し出をしました。でも、どうしても言えなかったこと、どうしても言いたかったこと、神谷さんへの感謝の気持ち。そして、ずっと、ずっと、想っていたことを編集長に相談しました。ひとことでいい、神谷さんに思いを伝えてからやめたいと思って、でも、それって、私の身勝手な一方的な思いです。ずっと悩んでいました。

編集長は、はっきりと言いました。

『このまま帰っちゃ絶対にダメ、一生後悔すると思うよ。感謝のことばと、あなたの正直な思いを伝えなさい。神谷さんはこころの広い人よ、しかも、すごい占い師。人生相談の達人よ、それだけじゃないわ、熱くて思いやりのある人。自分自身、あなた自身の将来を占ってもらったら、きっと、神谷さんは、すばらしい回答をしてくれると思うわ。

でも、結果を期待してはダメよ、彼の占いは魂の占い。真実の占い。あなたにとって今後の人生の最高の道しるべを示してくれると思うわ』

心に決めました。はっきり伝えよう、

あの時、たったひとり、親身になって心配してくれて、自分の終電車のことなど微塵も出さずに救急車に同乗してくれて、しかも、何度もお見舞いに来てくれた。ありがたかった、うれしかった。でも、何も伝えられなかった。何も言えなかった。時間が日常の邪魔をしてどんどん時だけが経ってしまった。本当にありがとうと伝えたい。

今の気持ちは、もう、ただ、それだけです。これですっきりしました。元気に九州に帰れると思います」

・・・・・

編集長、ほめすぎです。困ります。彼女を目の前にして、これから何をしゃべればいいんですか、どう励ませというんですか。

占い師にとって、最も難解な占い、それは自分自身の運命を占うことです。『人のことは分かっても自分のことは分からない』医者の不養生と同じです。髪結いの乱れ髪。「易者（陰陽師）身の上知らず」です。そして、その次の難問は、『自分と密接なる関係のある人』への占いです。責任重大です。軽い生半可の心で回答してはいけません。私情をはさめば判断を誤ります。

私は、久しぶりに、編集長のご期待にそえるように、申し訳ないと思いつつ、彼女のところへ「インテレ」しました。霊的なコンタクトです、彼女のこころを読みました。

（彼女は、まじめすぎます。いい加減なアドバイスは危険です。私への思いは相当に強い、彼女の中で私への思いが増幅して必要以上に大きくなり神格化されています。でも、彼女は、九州で会えるであろう、未来の人にも相当な期待をしています。私と彼女の関係、それはもはや、現世的な男と女の関係を超えて、未来へとつながっていく関係。ずっとずっと続く永遠の関係）

「ありがとう、本当にうれしいです。初めて女性に好きですと言われました。でも、あなたは、もう、すでに私たちの未来が分かっているはずです。もう、十分理解しています。過去の『未練』から『新しい世界』へとすでに決断しています。すばらしいことだと思います。でも、あなたの未来の人は、私ではありません。そして、もうすぐそこにいます。間もなく現れます。

私、占い師『神谷霊子（かみやれいじ）』は、ずっとあなたのそばにいます。ずっと見守ります。それが『縁』、永遠の糸というものです。どんなの遠くにいても、離れることはありません。悩んだ時、困った時、運命の人と出会えた時、いつでも連絡してください。アドバイスをします。なぜなら、あなたは、私の永遠のソウルメイト、魂の友達だからです」

桜の木の下に

今、桜の木の下にいます。まさに、桜が満開です。

ここは麹町の編集部のそば、「千鳥ヶ淵」です。

いつも、思うことがあります。桜はなぜこんなに美しいのでしょうか。葉っぱがまったくありません、花だけです。しかも、花弁（はなびら）をよく見ると白です。でも、遠くから見るとそれは鮮やかな淡いピンクに見えます。美しい花の一方には、まったくふさわしくない、ごつごつとした幹があり、さらには、四方に伸びる大蛇のごとき根っこは醜悪にも見えます。梶井基次郎は、「桜の樹の下には」という、短編小説（散文詩）の中で、余りの美しさに、『桜の樹の下には屍体が埋まってゐる』と。

こころと魂。偽りと真実。デカダンス心理。美と醜。生と死。

その美しき桜の仮面の下には

漆黒の銀子の仮面の下には……

「九条編集長、田辺さんに会いました。僕のことほめ過ぎですよ」

「きっと、神谷さんならすばらしい回答をしてくれると、大丈夫だと思いました」

「編集長、今度の日曜日、銀子さんに会います。この一週間は色々ありました。濃密でした。予言はかなり当たっていると思います。しかし、私の中では、まだ、肝心の運命の人は現れていません。まだ、銀子の正体もまったく見えていません。それに、次回には、ランキングを出さないと、これ以上、編集長を待たせるわけにいきません」

「慌てることは、ぜんぜんないわよ、あなたの人生が、かかっているんですもの」

「編集長、いいアイデアありませんか、弱音ははきたくはないが、漆喰の黒い厚い壁が、インテレの邪魔をしている」

「仮面を取ってくださいと、お願いしたら」

「えっ、それは、ビックリ発言です。ああ、そうですかって、取ってくれます？」

「そうよね、無理ね、……彼女は、もう二か月ネットを更新していない、重大な理由があるはずよ、それに、銀の仮面をダースベーダーに変えた理由も知りたいわ、なにか理由があるはずよ」

「次回には、銀子の正体。それと、なんでよく当たるのか、その真実も解明したいです。今回は、最後には、こちらの身分を明かすつもりです。ウソをつき通すことは、一生懸命に占ってくれる彼女に失礼だと思うし、でも、実は、そのことも含めて彼女はすべてを知っているような気もするし。今回は、妥協せず、時間がかかってもいい、編集長のご期待に応えられるように」

「でも、私には、もっと知りたいことがあるの」

・・・・

「何ですか？」

「神谷さんの、運命の人です」

「えっ」

「それが、今一番知りたいこと」

なぜか、彼女がにっこり微笑んだ。

その瞬間、無意識のうちに、編集長、九条英子に対して、大変失礼なこと、一番してはいけない事。インテレしてしまいました。

白い「もや」がいっせいに取り除かれ、大宇宙の大海原から無限大∞のはるか彼方から、無数の白い糸が入り組みながら、スパイラルにこちらに進んでくるのが見えます。

その瞬間、その谷間の奥底の、さらなる奥から、閃光を放ちながら、一直線に光速のごとき速さで、『黄金の糸』が、極彩色のオーラに伴われて、私の無意識の眼前に、突如として現れ出でました。そのあふれんばかりの光輝の中に、

その人は、立っていました。

そして、そのこころが、はっきりと、見え・・・。

ダースベーダー

目の前に、ダースベーダーがいた。

両手を机の上におきました。銀子が黒い手袋をかぶせてきました。

三分間、瞑想をしてくださいと。

私は、黒い鉄板に向かって、最大のインテレを浴びせました。しかし、跳ね返されました。無駄な抵抗のようです。すぐに、心を切り替えて瞑想しました。

「どうでしたか、この二週間で、人生の大きな変化はありましたか、運命の人に会えましたか?」

「いえ、まだ会えていません」

「私は、あなたの瞑想中にあなたの心の中に入り込みました。そして、あなたの心と融合しました。これを『レイテル』といいます。霊のテレポーションです。あなたの心の中のいつわりのない真実を知るためです。あなたはすでに告白を受けています。以前よりさらに強い魂の叫びが聞こえます。運命の人です。ソウルメイト以上です。恐れることはありません、目をつぶって瞑想してください、すべてを思い出してください」

……

「クラス会がありました。ある女性とずっと飲みながら話をしました。いい人です。でも告白を受けたわけではありません。私はあくまで友達だと思っています」

「その人ではありません」

「あと、会社の同僚から告白を受けました。その人は真剣でした。でも、運命の人ではありません」

「それだけですか」

「……」

「あなたは、もう言わなくてもすでに分かっています。今、この瞬間に、あなたの脳裏にひらめいた人、そのひとです」

「編集長ですか」

「できたら、名前を言ってもらえませんか」

「九条英子です」

「その人です」

「どうして、分かるんですか。あなたは何者ですか？

いますぐ、その仮面を脱いでください！」
・・・・・
「神谷さん、冷静になってください。一度、大きく深呼吸をしてください……」

「すみません。興奮してしまいました。失礼しました。冷静さを失いました」


「私から質問させてもらっていいですか。

私のことを、すでに知っていたのですか？

実は、私は、ウソをついていました。ある目的のために、あなたに会いに来ました。

そのことを、知っていますか」

「すべて、知っています」

「なぜ、仮面をしているんですか。あなたは、私の知っている人ですか」

・・・・・

「あなたは、山下さんですか」

「それは、いえません」

「では、正体は明かせないと」

「違います、あなたは、もうすぐ私のすべてを知ることになります。急ぐことはありません。この仮面も、もうすぐ脱ぎます。すべての疑問が、嵐の後のように、晴れわたり解けます。あなたのこころは解放されて、一点の曇りのない世界に導かれます。心配はいりません。疑念も、懐疑心も、恐怖心も、霧散します。宇宙的な愛に導かれていきます。強い霊感を持ったあなたは、他の誰よりもそのことを理解できます」

「あなたは、なぜ、私の為にこれほどまでに必死に占っているのですか?」

「それは、すべて運命の人の為です。

巡り合う運命を信じてください、運命を超えた絶対的な必然です。

変えようがありません、かけがえのないものです」

「どうすればいいと……」

「あなたの、次の行動は、あなたがもう知っています。

あなたは、私。私は、あなたです。
ツインソウル（双子の魂、前世からの運命のひと）です」

運命の人

ここは、本当に落ち着けます。東京の丸の内、『パレスホテル東京』、6Fのラウンジバー『プリヴェ』にいます。珍しく音楽が流れています。ベネーの交響曲「Reunion（再会）」です。

銀子さんには、もうランキングは必要ありません。
すばらしい魂の霊感師です。本当に心から感謝しています。
決して、ワナではありません。私の魂を蘇らせ、覚醒させるためです。
過去から現在、そして未来へと続く永遠の糸。

忘却の彼方にあったもの、すべてを思い出させ、気づかせてくれました。

眠そうな退屈な人生に、大きな輝く希望の光をくれました。


今から、編集長が来ます。

胸が、高鳴ります。

運命の鼓動が、刻一刻と、近づいています。


現れた編集長は、いつもの「ブルーのシャツブラウスにパンツ」ではありませんでした。

なんと、黄色のワンピースです。なぜか、颯爽（さっそう）としていました。

にこにこしながら、席につきました。

私は、大きく深呼吸をしました。

そして、決断しました。
・・・
「結婚してください！」

はっきりと、力強く言いました。

彼女の心の中に、大きな喜びがあふれ出るのを感じました。

「本当にうれしいです。お受けします」

・・・・・

その時、私の携帯が鳴りました。

声が、筒抜けです。

「山下ですが、銀子さんの正体が分かりました。銀座の資産家の娘さんです。私と同じ心理学のゼミのOBです。そして、その正体ですが……」


私は、携帯を切りました。


九条さんは、持ってきた手提げから、あるものを机の上に置きました。

ダースベーダーの手袋でした。

「もう、これ必要ないわね」

にっこりと微笑みかけてきました。

そして、私は、彼女に、右手でVサインを送りました。

いつもの人

すがすがしい朝、小鳥の声で目が覚めた。

窓を開けると、前の家の満開の桜の木の周りに、二羽のメジロが、円を描くように仲睦まじく追いかけっこをしている。

すると、真向かいに住んでいる90歳の早起きおじいさんが、愛猫を左手に抱いて庭に出てきた。私は二階のベランダで、白い歯磨き粉と歯ブラシを口に入れたまま、昨日から干したままのグレーのジャージーを、見つからないように取り込もうとした瞬間、見つかった。

下からおじいさんが言った「おはよう！」と・・・

これは、私とお向かいさんとの、4月の桜、うれしい何気ない出来事。

だが、今日は違っている。

いつも、いつもは違っている。

早朝5時少し前、3個セットした時計が、一斉に、けたたましく「起きろ起きろ」と叫びつづけた。

小田急線、新百合ヶ丘駅の始発電車をめざして、すべての情景と、すれ違うすべての人、すべての鳥、すべての犬、すべての猫、すべての動物たちも完全シカトして、一目散に髪を振り乱してホームに駆け込む。「余裕」という言葉は、とうの昔に忘れてしまった。「とき」との闘い。これが毎日毎日繰り返される、飽きもせず。仕方なく。

一度、大遅刻をして、店長に平謝りした。「ごめんなさい」

そして、もうひとり「いつもの人」にも。
彼は言った、「昨日はどうしたの、ずっと待っていたんだよ」とほほ笑んだ。
この男は、私のシフトを知りたがっている。
もちろん、専属とはいえ、朝シフトを外されることはあります。
そんな時、彼は必ず聞く、
「三輪さん今日は、お休みなの?」
私のこと意識している?
気があるのかな。60歳越えのオヤジが・・・(笑)

まあ、私は、最初の面接の時「朝は強いです」と言ってしまった。それがいけなかった、朝に強い「三輪さん」になってしまった。もう、朝シフト専属になってしまった。大悲劇だ。深夜に刺激的ユーチューブを遅くまで見られなくなった。友達との深夜ゲーム、チョー大好きな「刀剣乱舞」。いかに没頭していても、勇気をもってそこそこに切り上げなくてはならない。遅刻、無断欠勤は社会人として許されない。

「いつもの人」は、この自由が丘の「喫茶フローレンス」の大切な常連さんだ。

私は5年前からここでバイトをしている、初出勤の日にも彼はいた。朝7時の最初のお客様が彼だ。いつもいつも一人でやってくる。

第一印象は、今でも忘れない、テカテカ頭の「つるっパゲ」、頭が大きくてやや小太りだ。でも、スタイルは抜群だ。

入るや否や、必ず、はっきりと大きな声で「おはようございます」と言う。ほかのお客様は誰も何も言わない。私も、朝一の最高の笑顔で「おはようございます」と返す。

そして、今日一日のすばらしい朝が始まる。

お店では、原則、私は無言だ。「いらっしゃいませ、デニーズにようこそ」なんて言わない（ちょっと古いですね）。「ありがとうございます」。基本的なマニュアル以外では、朝から、無言で注文を聞き、無言でお金（カード）をいただき無言で返す。私語、無駄口はない。まあ、もちろん色々と話しかけてくるお客様はいますが、ここは、朝は7割が男性サラリーマン。ほとんどの人が時間に追われ急いで食べて去っていく。ここは店舗面積は広くないので他人に聞かれたくない商談には向かない。あわただしい貴重な時間、ひと時の癒しを求めて一杯のコーヒーを飲む。

ここは、東京、おしゃれな憧れの街、「自由が丘」。いやしの喫茶「フローレンス」です。

「いつもの人」は、いつものように笑顔で「おはようございます」と言う。

そして、次には、必ず「いつもの」と言う。これが彼の一連のリズムです。

「いつもの」というのは、コーヒー付きの「モーニングBセット」。彼はBセット以外を頼むことはない。だから、「いつもの」なのです。Bセットは、ガパオ風、赤パプリカ入りのホカホカ玉子サンド。Aセットは、たっぷりレタス辛子マヨのウインナーホットドッグだ。

この繰り返しが5年間続いている。この喫茶フローレンスは、開店して12年目。店長は

3年目。いつもの人は、開店当初からの大切なお客様かもしれない。

彼はいったい何者なのか。

1年前、当店の朝の名物男「いつもの人」が、突然来なくなった。

1か月過ぎても、現れなかった。マジ心配した。朝から調子が出ない、リズムが大きく狂った。私はその時、気がついた「いつもの人」はあたたかい癒(いや)しの人だと。

3か月が過ぎた、店長は、「引っ越したんじゃないの」といった。M男は、「間違いなく、死んだね」と言った、まったく、ひどいことを言う！　私はマジ怒った。

彼はサラリーマンではない。だから転勤はないはずだ。結果は、4か月後に分かった。一回り小さくなった激やせした彼が現れた、「おはようございます」と言った。そして「いつもの」といった。すごくうれしかった。

「すい臓がんで入院していました。まだ、生きていま～す。元気で～す」と笑った。

生きていてくれて本当によかった。M男のばかやろう！

「ジーパンがぶかぶかになったよ」と言った。

すい臓がんってどんな病気なんだろう、人生経験の浅い私にはよく分からなかった。店長はとても怖い病気だよと言った。

いつもの人は、胸のネームを見て私の名前を知っている。でも、私は彼の名前を知らない。苗字ですら。一日100人以上のお客様が来ても、名前を知っている人はほとんどいない。これって当たり前と思うけど不思議なことかもしれない。お名前を聞く必要はありません。別に知りたくもありません、ご自由に。知らんぷりが心地いいということなのかな。

いつもの人は、すごくおしゃれだ。必ずデニムの無地のジーンズと高級そうなセンスのいいジャケットをひっかけている、てかてか頭も、それがファッションの一部であるかのようにも見える。

彼は必ず窓際の彼の指定席に座る。まれにそこに座れない時がある。明らかに動転している、もの欲しそうにその席をしばらく見つめている、空くはずはないのに。そして、食事が終わると、すぐ文庫本をミニバッグから取り出し読む。いつも同じパターンである。変わらない。しかも、30分以内に必ず立ち去る。いったいこれからどこへ行くんだろう。

これも不思議である。フローレンスには、長い時間居座る人もいるし、かといえば、あっという間にコーヒーを飲み干して5分で帰る人もいる。そんなに急いでどこへ行く。現代人は大忙しだ。癒されるどころか・・・いったいなんなの？　と思うこともある。

いつもの人が、どんな職業に就いているのか。デニムのジーンズが似合うから、ファッション業界の人なのか、何かの自営業なのか、悠々自適の遊び人なのか、まったく分からない。ましてや、どんな人生を歩んできたかなんて。

でも、私には独身に見える。年齢は、65歳ぐらい。この近くに住んでいる、それは間違いない。おしゃれでどことなく気品がある、温厚な人だと思う。本を読んでいる時になぜかのけぞることがある。単なる癖なのか、背筋を伸ばす屈伸運動？　ちょっとした朝の体操のつもりなのか。

いつもの人を、一度だけお店以外のところで見かけたことがある。

私は帰りは武蔵小杉駅で乗り換えている、そして時々ぶらりと降りる時もある。つれづれに散策していたら、感じのいいお店を発見。焙煎喫茶「木戸口珈琲」。入ったらすぐ、カウンターの男が目に飛び込んできた。斜めに構えた後ろ姿だったが、すぐに彼だと分かった。今日は平日、午後3時。本当にびっくりした。ここへも毎日来ているのだろうか・・・

驚いたことにノートパソコンに文字を打ち込んでいた。いったい何をしているのだろうか。小説を書いているのだろうか・・・ひたすら打ち込む真剣そのものの姿に、タイミングを逸した、結局話しかけることはできなかった。

実は、一度「いつもの人」に私から話しかけたことがあります。あの喫茶店の件から半年ぐらいたった頃、朝のフローレンスには珍しくだれもいなかった。10分ぐらいたって文庫本を読みだしたとき、思い切って聞いてみた。

「面白いですか」

「おもしろいですよ」と、

「なにか、おすすめの本はありませんか?」

彼は、「おすすめ本」の名前を紙ナプキンに書いてくれた。

題名は「輝く朝」著者S氏　N文庫。

家に帰ってから検索した、Wikipediaを見た。

最初に、目に飛び込んできたのは写真だった。

ええ、うそ〜！　いつもの人は作家、Sさん！

もう一度見た。違っていた。ツルツル、ピカピカではなかった。髪がふさふさして、すっきりしていて若かった。

著作物を見ると、いっぱい書いている人のようだ。


すべて難しそうな本に見えた。私が読んで大丈夫かな、心配になったが思い切ってアマゾン「本」で「輝く朝」をクリックした。

2週間後、彼に報告した。

「めちゃ、おもしろかったです」

「えっ、読んだの」

「すごく、ロマンチックなファンタジーでした」

彼は、満足そうに嬉しそうにうなずいた。これが、彼との唯一の会話らしい会話だった。

もっと、いっぱい感想を言いたかったが、その日は特に忙しかった。

「輝く朝」は、朝をテーマにした7編からなる短編小説。例えば第一話は「さわやかな朝」。第二話「眠れない朝」第三話「けだるい朝」第四話「いつもの朝」第五話「終わらない朝」第六話「キセキの朝」そして最終話は「輝く朝」。もう、すべてが泣ける、感動的なめちゃ奇跡のようなお話だった。一つ一つの感想も、詳しく彼に話したかった。でも、それはかなわなかった。

この本は、大人のファンタジー。女性向きだと思う、だがこの本を選び読む彼は、間違いなくロマンチックなおじさんだと思った。

大事件が起きた！　お店のコーヒーマシーンが、珈琲用とカフェラテ用の二台ともおかしくなった。コーヒーのない喫茶店なんてありえない。なんとかしようと店長も必死にメカと格闘したが結局ダメ。業者に来てもらってやっと直った。昼時の一番忙しい時に、約3時間、コーヒーなしの喫茶店になった。店長は平謝り、私も謝りっぱなしだった。

そして、翌日、もう一つの事件が起こった。

「いつもの人」は、珍しく朝来なかった。思うに大切な用事、きっと手術後の定期検診だろう。その日の私のシフトは11時までだった、モーニングは11時まで、ぎりぎりに駆け込んできた男がいた。まさに、仕事を終え上がろうとした時であった。

ビシッとした上下のスーツに、あたたかそうな茶色の毛糸の帽子を深々とかぶって、こう言った「いつもの」と。

いつもの人は、実は3人いた。朝一番のデニムのジーンズの彼。11時ごろに来るスーツのサラリーマン。たまにしか来ないのに自信ありげに大きな声で「いつもの」と叫ぶ、でぶっちょの高齢者。私は、いつものAセットを持って行った。

「いつものだよ」

「ええ・・・」

まじまじと見た、それは11時の男ではなく、「いつもの人」だった。

「忘れちゃったの?」と言われた。

「すみません」少し笑いながら言った。

作り直してBセットをお持ちした。もう一度「本当に、申し訳ございませんでした」と言った。でも、なぜか返事がなかった。無視された。

私には怒っているように見えた。いつもの笑顔はなかった。不機嫌そうに見えた。

そして、それから家に帰った。ゲームをして疲れて昼間からふて寝した。夕方5時ごろ、突然店長から電話があった。

「三輪君、さっき、本部から電話があって、お客様から苦情があったんだ」

「それ、私のことですか？」

「誰だかは、分からない。従業員の態度が悪いと、相当怒って一方的にしゃべって、かってに切ったそうなんだ」

「思い当たることある？」と聞かれた。

私は、「えっ、分かりません・・」と答えた。あの日、午前中のシフトは3人いた、午後は別の人が2人入った。だが、私には思い当たることがある。もう、ショックだ。信じられないほどショックだ。なぜなんだ、どうしてなんだ。ああ、間違いであってほしい。これは絶対に間違いだ。ありえない。ありえない。

朝が来た、小鳥はさえずっていない、犬もいない、猫もいない、風も、止まったままだ。重く沈んだ早朝。

いつものように、始発に乗った。厚く曇った空は、どうすれは晴れるのだろうか。どうなれば、雲は離散して晴れるのだろうか。もはや、はっきり確認するよりないと思った。

朝7時、いつもの人が来た。

「おはようございます」

「おはようございます」

「いつもの」と彼は言った。

そして、にっこり笑った。

確かに、確かに、笑った。

「きのうは、本当にわるかったね。気分悪くしたでしょ。病院の帰りに寄ったんだよ。ちょうど、落ち込んでいたんだ、検査結果が悪くてね。でも、大丈夫、もう吹っ切れました。大丈夫。元気です」

本当にいいひとだ。

ああ、取り越し苦労だった。よかった。

自分のことだけ考えていたことが情けなかった。

店長には、「思い当たる人はいません」とはっきり伝えた。

店長は、本当に大変だ。千葉の柏から1時間半かけてやってくる。以前の店舗は、近かったけど、シフトがどうしても来られない時、自ら行かなければならない、もう悲鳴をあげている。肩書は立派でも責任重大。「ああ、バイトにもどりたい」とこぼすこともあった。

でも、我々は運命共同体。シフトしかり苦情しかり、何があるか分からない。でも、みんなで協力して乗り越えなければならない。

それから、いつもの人とは急激に親しくなった。もちろん、片言の会話しかないが、それは私にとって、励まされる温かいうれしい貴重な短い時間だった。

一度、助けてもらったことがあった。

朝一番に、いつもの人を押しのけて、あわただしく駆け込んできた、初めてのお客様。その人に「Aセット」をお持ちしました。

しかし、

「これじゃないよ、俺は急いでいるんだ!」と大きな声で言った。彼は、メニューの「Bセット」を指さした。仕方なくカウンターにAセットを持ち帰った。その時、いつもの人がやって来て小声で言った、「これは俺でいいから、Bセットをすぐに彼に持って行って」と。

彼が帰った後、「いつもの人」は私に言った。「彼は、間違いなくAセットを頼んだよ」と。彼は初めてAセットを食べた。

本当に申し訳なかった。でも、うれしかった・・・

しかし、

思い出は長くは続かなかった。

30度を超すカンカン照りの猛暑が続いた、8月5日。セミたちが一斉に高らかに大合唱するその日から。

彼は、また突然いなくなった。

何も聞かされていない。

何も言えなかったのだろうか。

何かあったのだろうか。

店長も、元気に軽口をたたくM男も、何も言わなくなった。

夏が過ぎ、秋の紅葉がひらひら散り、雪が降り、凍えるような寒い日々も過ぎていった。

いつものように、早朝、歯ブラシを口に入れたまま二階のベランダに出た、お向いさんの桜の木はもう満天の満開だ。90歳を超えたおじいさんが愛猫を左手に抱いて庭に出てきた。そして二階に向かって「おはよう」と言った。

私も、「おはようございます」と返した。

そして、また暑い夏が来た。武蔵小杉のお気に入りの「木戸口珈琲」には、フローレンスの帰りに時々行っている。

その日も、コーヒーのモカを頼んで、いつもの「輝く朝」を取り出して、夢中で読んだ。もう五巡目だ。

後ろに人の気配を感じた。

振り返った。

「お元気ですか?」

「いつもの人」だった。

「いつも、ぼくの本を読んでくれて、ありがとう」

そして、にっこりほほえんだ。

*

夏のセミ（ぴんころ地蔵）

真夏の信州の佐久市のお寺で、突然死の友人の葬儀がおこなわれました。
享年65歳さぞかし無念だったでしょう。年齢的に見れば早死の範疇に入るのだろうが、一番の無念は年金をもらわずに死ぬことです。などと、かってにおもんぱかる次第であるが、年金は最低10年間もらわないと元が取れないということ。独身で早死の方はもらえたはずだった年金は相互扶助で他に回されます。死して名を残すではないが、死してお国へ返納して最後のご奉公ということでしょうか。友人はあっけない死に方でした。朝起きたら死んでいた。心筋梗塞だから苦しまずに死んだ、ピンコロだったからよかった、と言うけど、それでいいのでしょうか？　妻も、子も、両親もいないので、数人の親せきと私たち数名の親友がいただけでした。一周忌はやる予定なしとのこと。ちょっと考えさせられます。

夏のセミたちが佐久平の盆地の大空に向かって、楽しげにミンミンと大合唱！　何も知らない子供の頃は生きている喜びがひしひしと伝わってきたものだが、セミの短い一生を知った今は、死にゆく魂の最後の断末魔に聞こえてきます。いつのまにか明日は我が身。気が付いたら総理大臣が年下。えらく年をとったものです。

だが、一方では地元の老人会では80代がゴロゴロいて65歳はヒヨッコ肩身が狭い。後期高齢者（75歳）でやっとスタートラインとはどういうことでしょう。

65歳、若いですね、若くていいですね、などと言われる始末。電車のシルバーシートは規定では65歳は有資格者だが堂々と座ってはいられません。上には上がいるからです。私は65歳できっぱり仕事を辞めたのですが、政府の方針は「死ぬまで働け」困りました。いったい、いつ休んだらいいのでしょうか？　ひとりで、老人『いこいの家』で、のんびりぼう～としていると『仕事しないんですか』とたしなめられました。

佐久平で、葬儀で一緒の同級生の彼が電車がくるまでお茶しませんかとのこと、快諾する。

野沢菜付きのお茶をすすりながら時刻表を見ていると、

「もし、時間があるのでしたら、ちょっと寄り道しませんか」

確かに、まだ2時です。

「どこへですか？」

「ぴんぴんころりの『ぴんころ地蔵尊』です」

「ええ！　確かに、この長野県にあるとは聞いていたが、ぴんころ？」

「小海線で、中込駅ですから近いですよ」

「確かに、近いが」

しかし、問題はその点ではない。

いくらなんでも、友人の葬儀の帰りに、縁起でもない！

しかも、まだまだ若い65歳です。

「ピンピンコロリは、まだ早すぎますよ」

「今すぐ、死のうというわけじゃないですよ、ずっと先のことですよ、早めにお願いしておこうと。

実は、昨年母が88歳で亡くなったのですが、入退院を繰り返し痛みがひどくて最後の最後まで苦しみました。管人間、人間スパゲッティですよ、見ていて辛かった、胃瘻はやりませんでしたが、最後は誤嚥性肺炎で……その間は、ずっと、癌の痛みとの戦いでした。

これで、生きているといえるのか？　俺はこんな死に方は絶対にしたくない。痛みなしでポックリ死にたい。人間の尊厳さえも失われた状態で死にたくない」

・・・・・

「いっしょに、ぴんころ地蔵行きましょうよ、ひとりじゃあ……」

おいおい、道連れかよ、一緒に死にたくはないよ。

しかし、断る勇気もなく、

「わかりました……」

気持ちよくではありません、「いやいや」の承諾です。

その考えには、まったく承服しかねます。

いままでの、いつも弱気な、おとなしい？　私とは、思えないかもしれないですが……

人間の尊厳を持ち出すなら、ピンコロ願望は、尊厳死願望と同じです。人間の尊厳とは真逆です。

「ピンピンコロリ」は『突然死』です。

まったく、心の準備もなく、完璧なる「死に支度」もなく、

ある日、突然に死んで行く、大粒の涙を流し悲しむ人もいるはずです。

ピンコロ願望は、まったく身勝手な自分勝手な願望です。自己中です。ありえないこと

です。

私は長生きをする為に、苦しみを増すだけの「延命治療」は拒否したいです（意識があれば）、人間は『最後まで一生懸命、生きる、生き抜くことが全てです』しかし、人間はいつかは死にます、生命の炎が少しずつ消え入るように徐々に痛みもなく自然に消えていく、「自然死」こそが神の摂理にあった死に方ではないかと思います。

とはいうものの、全国から、多くのお年寄りが、「ぴんころ、ぴんころ」、とつぶやきながら、ありがたいお地蔵様を目指して押し寄せてきます。

長野県は、有数の長寿県です。私の郷里です。佐久は日本一にもなったほどです。寒暖差が大きく冬の寒さは特別です「今日は、しみるね～」、八ケ岳に、浅間山、中心部を流れる清流、千曲川には、アユやハヤなど、養殖の佐久鯉は特に有名です。たくさんの効用ある温泉もありますし、長寿の条件がすべて揃っております。

赤い大きな鳥居をくぐって正門につきました、思ったよりはるかにりっぱです。

早速、お参り。

彼はおそらく、「ピンコロで、よろしくお願いいたします」と、

私は、「ピンコロは嫌です、健康長寿でお願いします」

通りかかった、30歳ぐらいの僧侶に聞きました。

「ピンコロって、なんですか？」

「大往生です」

「早死に祈願ではないのですか？」

「とんでも、ございません、誤解されている方が多くて困ります、あくまで長寿です。『健康で長生きし（ぴんぴん）寝込まずに楽に、大往生（ころり）したい』という心から願いの成就です」

ええ、だいぶ話が違います。

大きなお地蔵さまは、頭を少し傾けてにっこりとおだやかなかわいいお顔で、微笑（ほほえ）んで居ります。暗さなどみじんもありません、悲壮感ゼロです。境内は楽しく和やかに見えるから不思議です。

でも、私は、それなら、紛らわしいので『ぴんころ』の『ころ』はいらない。『ぴんぴ

ん地蔵尊』のほうが、いいのではないかと思った次第です。

お寺は、まさに、商売上手。『命』をグッズにかえて、大もうけ、違和感を感じますが、そんなことをいう方がおかしいよ、と言われる時代です。

参道には、多くの出店や「山門茶寮（さりょう）」のグッズ売り場、みやげ屋「魚甲（うおこう）」など、ぴんころグッズがいっぱいです。

もう、すごいですね。

お守りは、当たり前ですが、その他に、地蔵人形、地蔵まんじゅう、最中、長寿そば、お味噌に、あめに、クッキー、ぴんころ時計に、ぴんころ手ぬぐい、キーホルダーに、根付け（ねつけ）、ボールペン、耳かきに、長寿杖、すべて、ぴんころグッズでございます。

なんといっても、極めつけはお地蔵様のありがたいＣＤ、イメージソング『あなたの笑顔がとどくまで』（一枚８００円）

それで、思いつきました、

家に帰ったら、「ぴんころTシャツ」を着て、おつまみに、「佐久鯉の昆布巻き」を食べながら、いやしのお地蔵ＣＤ『あなたの笑顔がとどくまで』を流しながら、「ぴんころ焼酎」をグビグビやる。

うまい！

どんどん、高揚感が高まり『生きる喜び』がふつふつと心の底から湧きあがり、

感極まって、声高らかに「ぴんころ最高」と叫ぶ！

人類への警告（十万年後の世界）

私の五階のマンションのベランダからは、百八十度のすばらしい景観が広がっています。まず前方には、川崎港、東京湾、さらには太平洋。そして高層マンション群。左側は、飛行機が行きかう羽田空港。右側には、青天なら富士山が見えます。

そして、静かに目をつむって、夢想すれば、眼前には、その脳裏には、時空を超えて、百年後の世界、千年後の世界、一万年後の世界、十万年後の世界が見えます。

しかし、その未来を想うに、大きな不安と懸念が、交錯します。人類の行く末です。あるべき未来です。

人類は、産業革命以来、急速に文明社会を発達させてきました。それは、有史以来、驚くべきスピードで進歩して来ました。

そして、人類の幸せは、その極限をめざして、順調な足取りに見えます。

しかし、「みんな幸せですか」「世の中、良くなりましたか」と問えば、自信を持ってハイと言える人は、どれほどいるのでしょうか。『考える葦』（パスカル）と言われる人間は、文明の道具により、多大の恩恵を得て、幸せになれると確信して来ました。

私は、昨年まで、三度脳梗塞で倒れ、退職するまで、三十八年間、金融機関と保険会社に勤務し、高度経済成長、バブルと金融崩壊、身をもって体験して来ました。

不毛なる過当競争、終ることなき過大なノルマ、命令と服従の世界。弱肉強食の強欲世界。そこは、心のやすらぎとは程遠い世界でした。

そして、この物質至上主義で働く多くの人々が、忙しさの中で、完全に自分を見失い、疲れ果てて、強度のストレスで、心が病み、暗黒の世界で蠢（うごめ）いております。

二〇一一年、三月十一日、千年に一度といわれる東日本大震災では、約二万人の人々が、尊い命を失いました。

しかし、その一方で、その同じ年には、二万人以上の人達が「自殺」しました。しかも、その数は、その年だけではなく、三十四年連続です。

毎日、三人が電車に飛び込んでいます。

これって、何かおかしくないでしょうか。

私には、山手線の先頭車両には、たくさんの「黒い喪章」が、はっきりと見えます。
私達が、一番心配しなくてはならない事は、自然災害でも、交通事故でもありません、「自分が自殺することです」他人事ではありません。

この社会は、今病んでいます。この国は、今病んでいます。生きる喜びが見い出せない、自分が、社会に必要とされているのか分からない。家族も、社会も、だれも相手にしてくれない。人生の目的も分からない。働く喜びも見い出せない、毎日が辛くて辛くて、やりきれない。人生が楽しくない。心の闇が、どんどん広がっています。

今、三組に一組が、離婚しています。母子家庭が増え、忙しさの中で、愛が消滅し、子供達の心は押しつぶされそうになっています。愛のない社会へ放り出され、心の行き場がなくなり、狂気に走る若者もいます。

お酒がないと眠れません。薬がないと、ぐっすり眠れません。一億総ノイローゼとも言われています。

その原因は何ですか？

多くの人間が、「もっと欲しい、もっと欲しい」と叫んでいます。物質至上主義です。物、物、物であふれかえり、大量生産・大量消費・核のゴミ。終ることなき環境汚染。あの美しい地球は、どこへ行ったのでしょうか。心の中もゴミだらけ、重くて苦しくて、「希望」という字が見あたりません。

そして、その一方では、自分さえよければいい、他人はどうなってもいい、自分、自分、自分、「自己中」が、世界中で蔓延しております。自己中は、人間の心の「ガン」です。人類を滅ぼす「ガン」です。自己中は国家にも及び「自分の国さえよければいい」という「国家中（ちゅう）」（国益第一主義）があたり前のようになってきております。

人生の目的は、なんですか？

私は「人の為に尽くすこと」利他の心。慈悲の心。奉仕の心だと思います。

「幸せになることではありません」

「自分以外の人間を幸せにすることです」

その行為が、自分の心を豊かにし、心が進化・向上するのだと思います。もし、私が、どんどんお金持ちになればなるほど、周りの人は、どんどん不幸になっていくと思います。

一兆円の財産をためた人は、決して、人生の勝利者ではありません。

人と人とは助け合いです。困った人には手をさしのべる。人類の目標は、相互扶助です。

宮沢賢治の世界です。


現代は、道徳と倫理が、片隅に追いやられ、モラルが低下して、「精神文明」が大きく立ち遅れて、「物質文明」が大いばりで、世界中を闊歩しております。

人類は、めざすべき方向性の軸足が、間違った方向に向いています。国家も同様です。


人類には、「戦争という選択肢はありません」

人間の命は、地球よりも重い。

争っている場合では、ありません。

過去の過ちは、また繰り返され、「人類、いまだ反省せず」です。

社会学はあっても、未来学がありません。私は心の中で「ストップ・ザ・文明」とつぶやいています。人類よ先を急ぐなと。死に急ぐなと。

〈十万年後の世界〉

地球は、美しいですか
そこに　あなたはいますか
そこに　人類はいますか
そこに　未来はありますか
そこに　こころはありますか
そこに　しあわせはありますか

私が想う、十万年後の世界は、

超高層ビルが立ちならび
高速船が、空中に飛びかい
ＡＩロボットが、闊歩している

そんな世界ではありません

地球原点にもどって、環境破壊も、まったくない
小鳥が美しくさえずり、花が咲きみだれ
生命の息吹が、全身に感じられる世界
働く事が、喜びとなる、自給自足の世界
動物たちが、喜々として飛び回る
野生のエルザの世界です

皆様は、どうお考えでしょうか。

《死ぬ死ぬ詐欺師》

日曜日の朝、ウトウトしていると、どこからともなく、警察の宣伝カーの音が聞こえてきました。

「ご町内のみなさん、ご注意ください。最近、高齢者対象に、『死ぬ死ぬ詐欺』が横行しております、十分ご注意ください」と。

妻の京子が言った、

「本当に怖い世の中になったわね。

でも『死ぬ死ぬ詐欺』って、どんな詐欺なのかしら?

・・・・・

分かったわ、危篤だと言って、医療費を取ろうというんじゃないの。

きっと、そうよ」(京子)

『お母さん、俺だよ、俺、もうダメなんだ。脳梗塞で、今入院しているんだ。今、病院なんだ、死にそうなんだ。このまま放っておいたら死んじゃう、緊急手術が必要なんだ! すぐ100万円振り込んでくれ!』

京子が、『春眠暁を覚えず』の言葉のように、うとうとしていた私に、壊れたおしゃべり人形のようにかってにつぶやいていた。

その時だった、
マンションのチャイムが、「ピンポン、ピンポン」と鳴りました。

京子が出た。

「ご主人いますか」

うなずくや否や、ずかずかと、たくさんの警察官が入ってきた。

私は、叩き起こされた。

逮捕状を目の前に突き付けられました。

「死ぬ死ぬ詐欺罪で逮捕します」と、
京子が叫んだ！

「どういうことですか、さっぱり分かりません」

警察官が言った。

「ご主人、思い当たることがあるはずです」
・・・・・
私は、うなだれて、うなずいた。

「ウソ～、意味分かんない！」（京子）
泣きながら、私にしがみついた。

私を、にらみながら、警察官が言った。
「実は、唯一、逮捕を免れる方法があります」

京子は、驚いた。目を金魚鉢のように丸くした。
警察官は、はっきりと、大きな声で私に言った。
「手術をしてください！」と。
それを聞いた、京子は、私を力いっぱい抱きしめながら言った。
「お願いですから、手術をしてください」と、
私の周りをたくさんの警察官が取り囲んだ。
一番りっぱなそうな警察官が言った。
「これが最後です、手術をしますか」
私は、言った。

「しません!!」

手錠がかけられた。

そして、彼は、大きな声で叫んだ！

「8時、ジャスト。逮捕しました！」

同時に、目覚まし時計が、けたたましく鳴った。

告白（本人）へ、つづく。

最終章　告白（本人）

救急車のけたたましいサイレンが、聞こえます。まだ、死んでいません。今ここで、死ぬわけには絶対にいきません。なぜなら、私は『ゾンビ』です、『医学会の奇跡』です。今こそ、それを証明しなくてはなりません。

でも偉そうなことを言っても、誰も相手をしてくれません、誰も信じてはくれません、仕方ありません。ああ、それと、もう一つ重大な事を言い忘れていました。私は超能力者です。その能力は自分でも驚くほどです、まさに驚異です。でも、誰にも信じてもらえません。誰にも相手にされません。人に言って馬鹿にされたことはよくあります。テレビに出たことはありません。

だが、妻、京子は、私のすべてを知っております、私の最大の理解者です。私が単なる妄想家か、夢想家か、虚言者か、その話は真実なのか、真っ赤な嘘っぱちか、京子はすべてを知っています。まさに生き証人です。生半可に、無為に、35年間いっしょに生活をしてきた訳ではありません。

この救急車は、私を乗せて、今、けたたましくウーウーと最大限のサイレンを流しながら、倒れた横浜駅の大戸屋（お食事処）から川崎のK病院に向かって、赤信号を突破しながら激走しています。私の意識レベルは、10の内、2です。1は昏睡状態0は死亡です。隊員の声が微かに聞こえてきました、「名前を言ってください」と、マニュアル通りです。でも、勘弁してもらいたいです。こちらは、今、超、具合が悪いんです。耳元で大きな声で叫ばないでください、私は渾身の思いで首から胸にぶら下がっている『伝家の宝刀』を右手で指し示した。そこには、氏名、生年月日、血液型、既往症（脳梗塞）、服用薬（バイアスピリン錠100mg他）、そして緊急連絡先が書かれています。身元証明の名札です。私は、予知していたのです。この場面が近いうち来るだろうことを。

「奥さんですか、今、救急車から電話しています、ご主人が倒れました。すぐにK病院に行けますか」救急車が病院に到着した時、京子さんはすでに来ていました。京子さん、ありがとう、本当に申し訳ございません。また、出戻ってしまいました。

実は、これが、今年2度目の脳梗塞発生（平成28年6月1日）です。通算で3回目です。しかも、私は、4月この病院を退院したばかりです。まったく、情けないお話です。ああ、また、あのA先生（主治医）に会うのか、と思いました。絶対に会いたくなかった、でも、これも自分の宿命です。また先生と対決（他に言葉が見当たりません）しないといけません。

しかし、なんとこの日（水曜日）は、先生はお休みで、若いU先生でした。

U先生は、MRI・MRA（脳の磁気共鳴断層撮影・血管撮影）の検査結果を妻に報告したいと。

私は横になって寝ている場合ではありません。まさに本人の出番です、ゾンビのように起きあがりました。私もぜひ聞きたいと、そして、先生は、私たち二人（妻と私）を前にして開口一番言いました。

「申し訳ないですけれど、脳の血管がボロボロです。私の力では手術はできません」と。

完全に見放されました。

この言葉は、私の妻に対する再度の死亡宣告です。「この人は、間違いなくもう死んでいます。申し訳ありませんが、手の施しようがありません」と。きっと、涙がとめどもなく流れたことでしょう。でも、私は、妻には、本当に、本当に申し訳ありませんが、悲しみは微塵もありません。むしろ、これは涙なくしては語れない最高の物語だと思いました。胸がわくわくして来ました。すばらしい小説が書けそうだ。そして、湧きあがる運命に逆らうように、ずばり、『まだまだ死にそうもない』と直感しました。

ただし、手術をしないことが大前提です。私の人生の最大の危機です、正念場です。私の死生観と医師の死生観の激突！

『死』は神様がくれる、最高のプレゼントと信じて疑わない狂ったスピリチュアリスト・自称超能力者、地下組織のカルト野郎vs現代の最高峰医学の総帥、脳外科医マスターです。

誰が見ても、勝者は、外科医マスターで決まりです。

翌日、京子は早朝、主治医に会いに行きました、何とか夫を助けてくださいと涙ながらに懇願しました、先生は言いました。

「助けたくても助けようがないじゃないですか、ご主人は、カテーテル検査はしません、手術はしないといってるんですよ、これでどうして助けられるんですか」と。

妻が、私の部屋に、吹っ飛んできました。

「お願いですから、手術をしてください」と。

妻には、この言葉は何回も言われております。愛する夫に対して「死んでもらいたくない」という切なる思い「可能性があるならお願いですから手術をしてください」当然だと思います。

遡（さかのぼ）ること、1か月前、平成28年4月18日。
私は倒れて、この病院に緊急に運ばれて、脳梗塞と診断されました。その時の主治医がA先生です。MRI・MRAの脳の二つの映像を見て、先生は、脳内の大きな3本の動脈すべてが詰まっていて危険な状態にあります。よって、まず左脳の血管の手術（予防手術）をしましょうと言いました。
先生は、私の病室に来ました。カテーテル検査をするので同意書にサインをもらいたいと。

「なんの、サインですか？」

「脳の血管バイパス手術をします（ああ、恐ろしい開頭手術だ！）

当病院では、この手術は出来ないので、S大学病院に搬送しそこで手術をします。そのために、当病院でもできる、手術前の検査としてカテーテル検査をします」と。

理路整然としています、この説明には何の問題点もありません。

私は、即答しました。

「しません！」

「あの、検査ですよ？」

「何のための検査ですか？」

「手術をするので、脳の状態を詳しく調べるためです、必ず必要な検査です」

恐ろしいありえない手術、私の未来予想図にはまったく入っておりません。絶対に承諾してはだめです。天からの最大級の危険信号がビンビン、脳髄に伝わってきました。

・・・・・

「しません！　するなら、T病院でします」

大きな声で、はっきりと伝えました。

「えっ、」

先生は、予想外のとんでもない返事に、唖然としたことでしょう。

医師にはプライドというものがある、この男は常識知らずのとんでもない男だ。この男の確信犯のような凶悪犯のような鋭い眼光に、

彼はたじろいだのかも知れない。

これ以上の説得は、もう無駄だと思ったのでしょうか……

「分かりました」先生は去っていきました。

私は、この5、6分のやり取りの中で、先生の、人間性、人生観、死生観、今までどんな生き方をしてきたのか、趣味趣向、ものの見方、私との相性、二人（医師と患者）の間に待ち受けているだろう運命、人間関係の決着、この物語の生死の結末、それらを瞬時に読み取ります。超能力です。

これなくして、人生の数々の苦難を乗り越えることは困難です。インスピレーションです、インテレーション（相手の深層心理に深く入り込んで霊的会話をすること）です。心

理学でいう奥義（おうぎ）『他心通（たしんつう）』『人のこころを読む』です。『占い師　銀子』の世界です。ただし、それは相手に対する尊敬、無償の愛なくしてはありえません。一方的ではいけません、独善的では絶対にダメです。それでは、いい結果は訪れません。幸せな人生は訪れません。本当の真実が分かりません。

しかし、奥義でもなんでもありません。単なる、妄想家、アンポンタンです。大ウソつきの虚言野郎かもしれません。

「この局面での、私の回答は、『T病院でします』です」

＊《T病院は、5年前、彼女（親友Yさん）が脳腫瘍で目が見えなくなり、神の手で助かった、強烈なメッセージを受け取りました。万が一の時は、必ず思い出してね、T病院よ！》＊

それ以外の言葉で、手術を回避する方法はありません。この局面を打破する唯一の言葉です、本能的に出た言葉です。手術は絶対にしてはいけません、すれば１００％『死』です。言葉で説明するのは不可能です。

私は、頭脳のアスリートです。アスリートが左足を切断する、それは、もう、死んだ方がましです。片足のダンサーは、もう今まで通りには踊れません。ハネを折られた鳥は、もう大空を自由に飛び回れません。それは、とてもつらい悲しいことです。私の職業は囲碁です。趣味を通り越して、人生を賭けた戦いです。生きがいそのものです。囲碁は『頭脳明断』であることが絶対的な条件です。今の実力は、7段ですが、上には上がいます。生半可の努力、生半可の能力では勝つことはできません。もはや、崇高なるレベルで戦っております。今、この瞬間、私の脳は必死で「死」と戦っております。頑張っています。どうにか持ちこたえております。今、開頭手術することは危険そのものです。余りにリスクが高すぎます。手術後の後遺症ははかり知れません。すでに、血管年齢は89歳、もうボロボロです。糖尿病、高血圧、高脂血症、潰瘍性大腸炎（難病）等、病気の百科事典・総合商社です。この状態で手術を決行するんですか、お願いですから私の脳には絶対に手を触れないでください！　囲碁大会がひかえています、もう一度優勝したいです。金メダルが欲しいです。ここで、寝ている暇はありません、くたばっている暇はありません。これは、内なる魂の叫びです。

しかし、あなたは、私ではありません。わたしはあなたではありません。この切なる思いを、ほんの短い時間の中で理解してもらうことは不可能です。それは、十分わかっています。仕方ないことです。理解してもらうには、生まれてからずっと、あなたとわたしが、同じ脳の中で、すべての人生を一心同体で歩むよりないです。

イン・ラケチ（古代マヤ人の崇高なるこころの挨拶）『私はもう一人のあなた』です。〈WE　ARE　ALL　ONE〉です。今、この病院の「一瞬の時の中」では、それを望んでも無理です。不可能です。分かっています。

しかし、今、私に、人生最大の危険が迫っています。

4月24日（日曜日）、お昼の血圧は、なんと230―120でした。真実です。

あしたは、退院予定日です。すぐに血圧を下げる強い薬を飲みました。4時間後には、

１４０―９０に下がりました。一時的なものと判断されたのかもしれません。そして、なんと翌日４月25日の月曜日にめでたく？　予定通り退院しました。つまり、私は、入院して８日目に、ありえない状態で退院したということです。私の脳の状態では、正常値を維持することは難しい。永遠の危篤状態であると理解しました。

手術を拒否した以上は、もはや、申し訳ございませんが、他にはやりようがありませんと。

４月25日の退院から、約１か月と５日目の、６月１日。

今年、二回目の脳梗塞で、救急車で搬送。再度入院しました。

辛い悲しい再現フィルムです。

「お願いですから、主人を助けてください！」

「助けようがないじゃないですか、ご主人は手術をしないといってるんですよ、これでどうして助けることができるんですか」

先生は、この後、すぐに、私の病室に来ました。最後の説得をするために、残された時間はもうあまりありません。外科医の最後の使命！　私にとっての最後のチャンス。

私の目の前にA先生が立っていました。私は、心の中で挨拶をしました（申し訳ございません、また、再入院しました、出戻って来ました。すみません、よろしくお願いします）

先生はなぜかニコニコしています。私は、人生最後の決戦であることを悟り、こころを清め緊張感をもって対峙しました。

（手術をしましょう！）

（いいえ、しません！）

（大丈夫です、うまくいきます。安心して身をゆだねてください）

（ゆだねることはできません）

この会話は、現実には行われておりません。しかし、先生が何を言いたいのかは、痛いほど分かります。先生の言うことはごもっともです、おかしいことは何ひとつありません、尊敬しております。なぜなら、あなたこそ私の運命を変えてくれる、キーパーソンだからです。あなたなくして私の未来はないということが分かるからです。たとえ、手術をしなくても、です！　あなたに会えたのは人生の必然です。

私は、渾身の心を込めて、先生にはっきりと言いました。

「私を助けてください。今回は治るまで、ゆっくりと静養させてください」と。

先生は、無言のまま笑みで返してきました。もう、この男は何を言っても言うことはきかない。

『だが、手術以外の方法で全力を尽くす』とインテレしてきました。1週間の24時間点滴とその後の強力な薬以外には良くする方法はありません。限界的、極限的な状況です。

実は、前回の入院の時、一つだけ先生にお願いをしていました。

ある意味、心苦しい身勝手なお願いです。セカンドオピニオンです。例のT病院の、私にとっての夢の中の神の手、H先生のところへ行かせてくださいと。紹介状を書いてくださいと。

先生の言葉は、意外でした、「いいですよ、H先生は、僕の友人です」

えっ、そうなんだ。しかも、S大学病院の脳外科、私が手術をする予定だった、あの有名な神の手、M先生も、お友達。いったいどうなっているんだ。本当に申し訳ございません、手術はしませんが、みんな、みんな、目には見えない糸でつながっているソウルメイトなんだ。

5月17日、京子とともに、A先生の紹介状と、MRI・MRAの画像（CD）をもって、H先生に会いました。

もちろん、手術をするためではありません。手術は100％ありえません。もっと『深い真実』を知りたい、ずばり現代医学の最高峰の見地から、いつまで生きられるのか（余命）、現在の病態の再確認、今後の予想される後遺症のこと。最終的、未来予想図。

先生は画像を見て言いました、A先生とまったく同じ見解でした。

次の3点です。

診断書（2016．5．17）

① 左中大脳動脈　閉塞症

② 右中大脳動脈　狭窄症
③ 椎骨脳底動脈　狭窄症

つまり、大きな3つの動脈がすべて、重篤。

特に、左脳、閉塞の部分の手術。それについては、是非、一つ検査をさせてください、高額の検査ですが、まったく危険はありませんと。

その検査結果で『手術するかしないか』（開頭による脳血管バイパス手術）を判断しましょうと。

その名前は、スペクト検査（脳の血流検査）です。スペクト検査は、放射線を出す薬（トレーサ）を静脈注射し、この放射線が脳の血流量に応じ行きわたっていく、その分布状況を見るということです。まんべんなく、隅々まで放射線が行きわたっていますかと。

〈今から10年前・55歳の時〉

実は、この検査は、平成18年4月、私が初めて、脳梗塞で倒れた時、横浜の根岸の「脳血管医療センター」で、実施したことがあります。すなわち、自分自身が経験済みです。その時の検査結果は、『血流はあります、手術は不要です』と。

当時の部長先生曰く、「あなたの左脳は、一部、高速道路が寸断されています、しかし、一般道路がうまく作用して血流があります、あなたは大変ラッキーな方です」と、左脳のMRA画像は、あるべき血管がまったく見えていない。あたかも、左脳のすべての血管が消滅したかのように映っていません。素人目にもビックリの映像でした。しかし、血管が見えなくても血流はある。

すなわち、脳とは、大小、2万の血管が完璧なネットワークで助け合っている、高次元システム。私の左脳の血流はちゃんとある、大丈夫だ。妻共々、大喜びしました。そのおかげか、大きな肉体的な後遺症はありませんでした。が、しかし、言語障害がありました。

あの大好きなカラオケが歌えない、これは最悪だ。もう、大ショック！　外来で、1か月まじめに『言語リハビリ』に通いました。おかげさまで、6か月後には歌えるようになりました。感謝です。

しかし、この10年前の、55歳の時の経験は、私にとって『神からの警告』だと思いました。カルマの法則。すべての原因はあなたにあると、人のせいには絶対できない。食生活、運動、ストレス、一日の行動、人生をもう一度見直す、絶好機だと思いました。

私は、仕事（がん保険会社の代理店主・実質的には営業マン）を半分にして、妻に任せていた母の介護に参加しました。当たり前のことを当たり前にしたということです。本当に申し訳なかったと、どれだけ妻に負担をかけてきたか。仕事、仕事、仕事最優先を理由にやりたい放題だったと思います。ダイヤモンドゆう子の父親と変わりません。離婚されなかったのは妻の寛容です。

その時の担当の部長先生は、私に、最後にこう告げました。「この脳梗塞は10年以内の再発率が高いです。あなたの脳は危険性を持っています。高血圧、高脂血症、高いリスクを持っています。今後十分に気を付けてください」と。

あれほど、分かっていたはずなのに、あんなに気を付けていたのに、時が忘却させ、五年前には、地元の病院で、あなたは糖尿病だと、宣告され「もう、面倒見切れません」と言われてしまいました。はっきり言って、生まれてから一度もたばこを吸ったことはありません。お酒は、現在はまったくのゼロ。以前も、たしなむ程度、もともと弱いのでたいして飲めません。あの超、まじめな森田君です。身長は163センチ、体重は、現在53キロ、平均値より4キロ低いです、それなのに、糖尿病ですか？　WHY（なぜ）？

好きな言葉は、「己を律する」です。「清く・正しく・美しく」。でも、偉そうなことを言ってもだめです。ダメ人間であることを数値が証明しています。神をごまかすことはできません。

人生はそんなに甘いものではありません。

「神」は容赦なく、試練を与えます。

あなたが、まじめでも、美しい心の持ち主でも、世のため人のためにどんなに尽くしていようが、かわいい純粋な3歳の女の子でも、神は、容赦しません。ただ、私が、無知なだけです。全宇宙のシステムを知らないだけです。神の摂理を知らないだけです。

何回も生まれ変わって、様々な人生の苦難を体験した時、その神の、完璧な『神の摂理』のほんの一部を知るだけです。

まさに、『100万回生きたねこ』(佐野洋子著)です。

神は、脳梗塞、がん、心筋梗塞、災難、事故、『りこん、とうさん、ムショぐらし』、なんでもかんでも、一見すると無差別に難問を課してきます。あなたは、これをどう乗り越えますかと。この試練から、何を学びますかと。未来永劫の課題です。

終わりなき試練です。しかし、それを克服した時、私にとって、おおいなる喜び、おおいなる歓喜となります。崇高なるこころ(魂)のバージョンアップです。

〈平成28年5月　時点・65歳〉

平成28年、5月30日。T病院で、私にとっての神の手、H先生の元で『スペクト検査』の実施。

そして、6月14日、入院中のK病院で半日の外出許可をもらって、検査結果を聞きに行きました。

「どうか神さま、血流がありますように、手術をしなくてすみますように」、私と京子の最後の願いです。聖なる『最後の審判』です。

先生の前に座りました。

パソコンの画像を開きました。

映し出された脳の画像が、ピカピカと強い赤い放射線を放っています。

先生は言いました。

「こりゃ、ダメだ、すぐ手術だ！」

ううう、

そうですか……

脳の左側がピカピカしていません。

あああ、血流が……

期待していた自分がいました。

妻は、それ以上にショックを受けていました。

・・・・・・

「先生、もう少し、1か月ぐらい考えさせてください」

この言葉が、この状況でのピッタリの言葉だと思いました。

「考える余裕はありません。今のあなたの脳は、緊急性のある危機的状況です。手術が必要です」

・・・・・

いや～困ったなあ。どうしよう、うまく返す言葉が見当たらない……

・・・・

「先生、実は、私の父は、81歳で亡くなりました。今、私は65歳です。もし、手術をしないとして、80歳まで、何事もなく生きられますか？」

先生は、０・１秒で即答しました。

「ありえません！」

ああ、アホな質問をしました。だが、是非、しなければならない質問です。つまり、どんな名医が見ても、ひどい画像だということです。

先生は、紹介状の文面を確認するかのようにジッと見ていました。

長い沈黙が続きました。

「あなたは、手術をしたくないそうですね。私は、あなたの脳について十分説明したつもりです。あとは、あなたの判断です。あなたの人生です。私はこれ以上は申し上げられません」

ううう、すばらしい！

感動的な言葉です。

そして、私は立ち上がりました。

そして、先生に、こころのなかで「ありがとう」と言いました。深々と頭を下げました。

京子と病院を出ました。

太陽は、何事もなかったように、サンサンと降りそそいでいます。

多くのビルが今まで通り立ち並び、すがすがしい気持ちです。

いい喫茶店見つけたんだ。そこで休もうよ。

「今日のコーヒーは特にうまい」私は、笑みをたたえながら言いました。

京子が言いました。

「ショックじゃないの。

悲しくないの？

死んじゃうんだよ！」

・・・・・

「大丈夫だよ、私は死にません。死は決して悲しむべき出来事ではありません。魂は不滅です」

（やっぱり、この人、頭が狂ってるかも）

〈七夕に願うこと〉

次女より　平成28年7．7．27歳。

たまにはＢＧＭを流そう
ドビュッシーを聞いてみる
アラベスクから始まり「亜麻色の髪の乙女」
「月の光」「夢」

子供の頃を思い出すなー

一生懸命ピアノで練習したものでした☆
ドビュッシーのメロディーは、美しい音色で
そして重厚

低音の音の使い方とかとても好きです
「ベルガマスク組曲」も弾いたなー

そして音楽とともに、家の光景が思い出されて

夜の星を見ると、お父さんは地球の神秘やこの世に
生まれてきたことがどれほど奇跡的なことなのか
この風景はどう変わっていくのか
いろいろなことを語って
広大な暗闇の中に　ポツポツと光る星たちに照らされる二人
（お父さんと私）

なんとも幻想的で非現実的で
時間が止まっているような、そのまま夜空に吸い込まされて
しまいそうな、不思議な感覚になったなあ

お父さんは、本当に優しくて、周りのことを思いやって、そして
父としていつも家族を守ってくれて
何より私の心に温かいものをプレゼントしてくれた
私も自立するにつれて、自分の意志ができて、ぶつかることもあった
けれど
いろんなことを全部ひっくるめて
残ってくるのは、やっぱりお父さんの優しさと強さだなー
早くお父さんに元気になってほしいなー
明日の稽古も頑張ろう。

（次女のブログより）

〈祝　お誕生日おめでとう〉

長女　平成30年2月　33歳

お父さん、67歳のお誕生日おめでとうございます。
いくつになっても輝いていて、若々しい素敵なお父さん！

いつも全力で、いくつになってもパワー溢れるお父さん！
本当にすごいです。尊敬しています。
ただ、頑張りすぎて無理だけはしないでね。
お父さんの体だけが心配です。
充実した幸せいっぱいな日々でありますように。
そしてお母さんとこれからもラブラブでねー
またみんなで旅行にいきましょう！
すばらしい一年を……！

（長女の祝電）

私には、妻、京子。そして二人の娘がいます。

死んでる暇はありません。
一番、やってはいけないことは家族を悲しませることです。これは、絶対にダメです！
現在93歳の母がいます。絶対に、母より早く死ぬわけにはいきません。

母は、１００歳を突破するはずです（願い）。もう、奇跡を起こすよりないのです。お父さんの実力をいまこそ、この世界に示す時が来ました。

お父さんは、ゾンビです、医学会の奇跡です。

その他病歴

① 潰瘍性大腸炎（難病）。現在下血中。しかし、薬は飲んでいません。（理由＊飲まなければいけない薬が余りに多すぎます）（平成14年11月、１か月入院）

② 糖尿病、入院中は、インシュリン。⇩退院時、拒否。現在薬のみ。

③ 血管年齢は、90歳以上（H29．５．CAVI動脈硬化の検査）。先生曰く、もうこれ以上はありません。リミッター超えです。もう、笑うよりありません。

④ 高血圧、強い薬でコントロール中。（アジルバ錠20mg・アムロジピン10mg）

血圧はほとんど測りません。（昔は、必死に測って、ノートにつけていました）

⑤ 高脂血症。（薬服用）

⑥ 胃にポリープ。50個以上。５年以上未検査。はっきり言って心配です。

⑦ 前立腺肥大の手術（H28．３）。８日間入院。退院後、１か月後に脳梗塞で倒れる。そして、その１か月後、救急車で再入院。

⑧ 胆のうポリープ。３個。

⑨ ここ10年で、４回骨折。１回は重症。

⑩ 腎臓結石で、入院手術。（レーザー手術）（H15．10）

⑪ 背中の脂肪腫摘出で、入院手術。（H15．11）

⑫ 尿路感染症で、入院。夜９時の急患で、炎症反応29。即入院。（H23．６）

⑬ 慢性腎炎で、今までに２回入院。（中学生時代）

しかし、実は、これ以上のひどい人は、世の中いくらでもいます。はっきり言って、軽症です。どういうことはありません。

問題は、これをどう受け止めるかです。悲観するか、絶望するか、運命を呪うか。


私は、病院は、１００％最高の学びの場と思っています。

すばらしい出会いの場です。

大きなチャンスが待っています。

有り余る時間は、崇高なる、神への「感謝」と「祈り」の場です。

たくさんのことを学びました。病院は、私にとって超、楽しい、ディズニーランドです。

ただし、絶対的な条件があります。肉体的な「痛み」です。これだけは耐えられません。

絶対、嫌です！（手術は、だれでもそうでしょうが、できればしたくはありません）

『病気』は医師が治すのではありません。

あなた自身です。第２位も、あなたです。その次も、あなたです。

そして、第４位が、あなたを愛する人です。医師もここにいます。

しかし、実は『あなた』

（①あなたの生命力・②あなたの自然治癒力・免疫力）も、正解ではありません。

本当の、真実の、究極の1位、
それは、だれですか？
もうひとりのあなたです
真実のあなた自身です
それ以外に、解決できる人はいません
人生を切り開くのはあなたです
決断するのはあなたです
悲しむのもあなたです
辛いと感じるのもあなたです
喜びで胸を熱くするのもあなたです
満天の星を眺めて感動するのもあなたです
あなたが、すべてです

あなたがこの物語（全宇宙）の主人公です

そして、すべての人々が、崇高なる糸（真実の愛）で、繋がっています。しかし、自己中、エゴは許されません。他者への愛です。見返りなき愛です。

私は、現在、24時間態勢で、休むことなく、「瞑想」と「祈り」を繰り返しております。場所は問いません。

まさに、奇跡を起こすためです。

最近始めたわけではありません。10歳頃から、ずっと、ずっと、です。理解してもらうのが難しいお話です。人には話せない『最大の秘密』です。

宗教ですか？

違います。1円の寄付も年会費もいりません、教祖なんておりません。偽りの神は、この世に必要ありません。仏像も社殿も教会も教典もなにもかも、必要ありません。

人はそれを神といいます。あなた自身です。遠い宇宙の果てにいるわけではありません。まったく、気が付いていない、ただそれだけです。全宇宙のパワーをすでにあなたがもっているということです。

つまり、この最終章、『告白』は、それを証明すること。すなわち、私が奇跡を起こせるかどうかです。

（実は、奇跡はこの世には存在しません。これを『必然』と言います。しかし、見た目には『奇跡』に見えます）

倒れてから、1年9か月。実は、私の奇跡は、もうすでに達成していると思っております。感謝です。ありがたいと思っております。

左脳がなくても、字が書けます。今回、一冊の本を出せそうです。引き算が出来なくても、囲碁が打てます。うるさいぐらいに喋れます。血流がなくてもカラオケが歌えます。

頭脳は、超、明晰です。

よみがえれ頭脳

なんと、今回の脳梗塞の退院（H28．6．18）後の、4か月後の平成28年10月には、葛飾区囲碁大会本因坊戦で優勝（通算5期）。同12月には、千代田区名人戦準優勝、翌年の4月の囲碁名人戦東京都大会2日目の2回戦では、あこがれの囲碁界の重鎮、レジェンド菊池康郎先生8段（当時87歳）と対戦、負けましたが心底感動しました。

頭脳明晰でないと、碁は絶対に打てません。一局も勝てません（よく言われる「頭がいい、悪い」とは全く別のお話だと思っております。誰でも、一生涯、一生懸命にやれば5段にはなれます）。

囲碁こそ、史上最強のリハビリ（科学的にも証明されております）、崇高なるゲーム。一生をかけるに値するゲームだと思っています。そうでなければ、50年前にやめています。

また、私は自称パフォーマンス、ダンサーです。１秒間に４振りの高速ダンスが可能です。いわば、フィギュアスケートの４回転ジャンプです。これは、一方の肉体的なリハビリです。

というわけで、寝ている暇はありません。死んでる暇もありません。

ある意味では、超元気です。

でも、死にそうです。死は迫っています。

午後は、よく酸欠（血流不足）になります。脳が思考停止になります。すぐに、２００ccの水を飲みます。常に限界との戦いです。（水は、１日２リットル・細(こま)めに補給、水がすべてです）

でも、

『笑いヨガ』で、大宇宙を笑いとばしております。

落語にはまっています。

家で、落語の再現フィルムをしています。

ラゾーナ寄席で、初めて聞いた落語を家で約30分かけて再現しました。

京子が、すごい、すごい、と言って笑い転げています。

「病院で一番いやなことは何ですか?」

それは、『注射』です。

《現況》

平成30年、4月1日（退院後、1年と9か月後）、67歳。私の体は、いったいどんな状況なのでしょうか。

血管がボロボロ、脳の危篤状態が依然として、続いていると理解しています。

しかも、時間の経過（経年劣化）とともに動脈は間違いなく「完全閉鎖」の方向に向かっています。

その未来図は、ズバリ。
①　即死
②　植物人間
③　重度の障害が残る
それ以外には、考えられません。（3人の医師の共通見解）

しかし、別な盲点として、がん・心筋梗塞・その他の病気、不慮の事故、天変地異もひかえております。

残念ながら、肉体的な死は，誰でも100%おとずれます。

でも、私は、まったく心配しておりません。大丈夫です！　まったく、問題ありません。

神さまには、不遜ですが、「どこからでも、いらっしゃい」の心境です。

左手に神の書、右手に医学書です。

パソコンの待ち受け画面は、なんと、私の脳の画像です。

パソコン入力されている画像は、100枚以上はあります。(平成17年〜平成30年)

元気だった34歳の時のMRIの画像フィルムもあります（比較ができます）。

朝は、このパソコン画面に向かって、

「まだ、死ぬわけにはいきません。もう少し時間をください」と守護霊にお礼とお祈りをささげております。

（入院中は、パソコンを持ち込んで、点滴に記載されているデータを入力。病院内の写真撮影（普通の人はやらないと思いますが）、絶対安静なのに、病室にいないで、談話室で瞑想と祈りです。入院3日目頃から、どんどん冴えわたり異常なる覚醒状態となる）

超、ポジティブのこころです。


不思議なことに、現在、頭痛、めまい、しびれ、視覚障害等は一切ありません。

後遺症は、高次脳障害ですが、
左脳の重大な役割は、①読み・書き・話す　②計算　③論理的思考です。

左脳の血流が悪いので、相当の障害があっても不思議ではありませんが、今はなぜか超、冴えわたっております。

「死の直前にはだれでも、一時的に覚醒（かくせい）するらしいよ」

とか、

「残された人を悲しませてはいけません。身辺整理、断捨離をしてください」とか、言われております。まったく、その通りです。

おかげさまで、『戒名』（自己作成申告）をもらい、生前葬（友人葬）をすませました。

曹洞宗、総持寺。父の菩提寺のお墓の継承。魂活。人生の決着、ケジメ。
（この行為により、魂が進化・向上する訳ではありません）
究極の断捨離もしました（生前整理・段ボール20箱を処分）。廃車。
保険代理店廃業届（平成28年7月）。
私の立派な『遺影』もあります。
もう見飽きたのか京子が足で蹴飛ばしております。
まだまだ、やるべき事がいっぱいあります。
とことん生き抜くだけです。
そして、今、パソコンの前に座って書いております。

私は、死にません

魂は不滅です

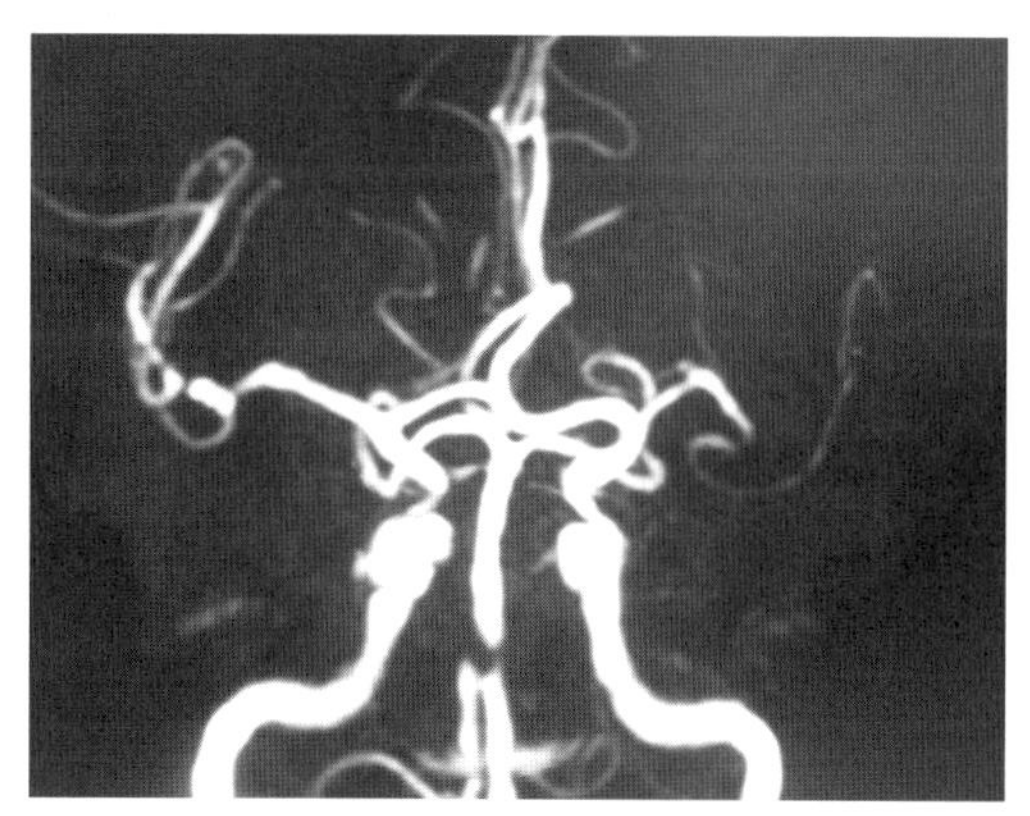

MRA画像（H28・4・18）K病院
①左中大脳動脈　閉鎖症
②右中大脳動脈　狭窄症
③椎骨脳底動脈　狭窄症

解説

解説　黄輝光一『告白～よみがえれ魂～』
究極の生命力が光る場所

佐相　憲一

〈生きぬくことがすべて
医者に見放された脳で書いた
奇跡の出逢いの物語
あなたの魂に語りかける珠玉の短篇集
ちょっと立ち寄ってみませんか、人生の喫茶店〉

この帯文からさらに突っ込んで書いてみましょう。

この物語集の出どころは、不死鳥そのものの生死感覚を体験中の脳髄です。著者・黄輝光一氏（ペンネーム）は川崎に住む善良で快活な勤勉市民ですが、脳梗塞で三度も倒れたところから、作家への道が始まりました。五五歳の時に一度倒れ、六五歳の時に二度。一回目の時には、それまでの突っ走ってきた人生を振り返り、節制への道は大いなる内省につながったようです。二回目、三回目と立て続けに襲った死神は皮肉なことに、文学の神に彼を預けたので、ボロボロになった作者の脳に、忽然と初めて、創作せよというメッセージが送られたのでした。いまから二年前のことです。恐るべきことに、それからあっという間に、ここに収録された一〇篇が書かれたというわけです。

脳梗塞なら世に体験者は少なくないでしょう。しかし、二二五ページにあるMRA画像を突きつけられた著者は医者に宣告されました。血流が映っていない、血管がボロボロだ、イチかバチかの緊急手術をしなければすぐに死ぬだろう。仮に手術で死んだとしても医者のせいではない、もう末期的状態と宣告されたのです。なんとその時、作家・黄輝光一が誕生しました。彼は手術を受けませんでしたが、もう二年も経っています。そしてなぜか元気に日常を暮らしています。川崎臨海部に近い京浜工業地帯の慣れ親しんだ土地の庶民的な住宅街で、愉快な妻とマンションに居住し、巣立っていった二人の娘の幸せを常に願いながら、寝たきりにもならずに、小説などを創作しているのです。この状況には一流の医師たちも首をかしげます。信じられない！　彼がピンピンしているなんて。センセーショナルな比喩表現を使うなら、特に左脳は無いように見えますし、本人いわく「わたしはゾンビ」状態です。これをスピリチュアルな超自然現象と呼びたい向きもあるでしょうし、新興宗教の神にだってなれるかもしれません。もし彼がテレビにでも出演している俳優か歌手ならば、スポーツ新聞や週刊誌が大騒ぎして、〈死んだはずが生きている〉彼を好奇の目で報じるでしょう。

セカンド・オピニオンだって受けました。彼の脳は、どうしてその状態で手足が通常の動きをするのか、しかもどうして文字まで書けるのか、ゴーストライターも代筆者もなしで小説なんか書けるのか、この世の誰も科学的に説明できない領域を生きています。

現に、ローカル線で川崎大師の近くの駅で降りたわたしを自宅で迎えたのは、ラップダンスさえ見せる超陽気な紳士と、彼を励まし愛してやまないこれも超陽気なすてきな夫人・京子女史でした。そして、笑顔でいきなり見せられたのが「生前葬」の写真やすでに用意してある「遺影」その他です。ブラック・ジョークではないところがなんともブラック。泣くに泣けません。思わず、夫婦と共にわたしも笑ってしまいます。ケセラセラとかセ・ラヴィとかいったラテンのノリが、心の奥を泣かせるようです。

そんな作者の脳が発したからこそ、収録された物語はいずれも、生きていることの不思議な縁と〈出逢いの奇跡〉、どんでん返しに満ちた人生の味わいを醸し出しているのです。それらが架空の感じを与えないのは、作者自身の実人生が、涙涙の感動奇跡と不思議なめぐり逢いに助けられてきたからでしょう。特に男女の物語が光るあたり、奇跡の脳はかなりのロマンチストです。いまにも命がこと切れるかもしれない一瞬一瞬を生きていると、他者の恋愛事情にも途方もない優しさをもつのでしょう。もちろん、生来の作者の恋愛観や人生観が反映してもいるのでしょうが、それだけではなく明らかに、収録物語に共通するせつないまでの愛の燃焼は、生死の境にいる存在そのものがためらいなく書かせたものでしょう。ここに、この本の一番の光を見ます。六〇年以上生きて初めて書いた文芸作品ゆえに、筆の粗さや幼い表現を指摘されるかもしれませんが、はっきり言って、それを上回る切実さと尊さを感じさせてくれます。巷に出回っている小説家が書いたものよりも魅力的かもしれません。

〈人生の喫茶店〉。

たとえば、冒頭に収録の「白樺のハイジ」は、著者の郷里でもある長野県が出てきますが、〈琥珀色の小さな喫茶店〉が出逢いの場所です。歳月を経て登場人物の恋はどうなったでしょうか。喫茶店の窓から白樺が揺れるのが見えるようです。

たとえば、二部構成の「踊り子」はストリッパーと元同級生、父と娘の人間ドラマですが、歳月を経て苦いばかりの人生模様は、新宿歌舞伎町の喫茶店も舞台にしてどう展開していくでしょう。

たとえば、肉食動物である人間の心の矛盾を企業社会の中で描く「動物たちに愛を！（ベジタリアン部長）」、宝くじをめぐって生きることの考察がさりげなく描かれた「青年の苦悩（もし10億円当たったら）」、スター俳優の栄光の影にあるものを守護霊の物語に描いた「守護霊の涙（ハリウッドスターの大罪）」、これらは直接的には喫茶店とは関係ないように見えますが、物語の深いところで著者が願いをこめて描いている現実心理は、突っ走っている渦中の職場や生活場所よりは、人知れず立ち止まって内省する場所、たとえば居酒屋や静かな喫茶店のような場が象徴として似合うでしょう。「占い師　銀子」でしゃれた男女会話が交わされるラウンジバーもまたそのひとつです。

〈あなたの魂に語りかける〉。

この親しみ深いトーンもまた、作者の持ち味です。彼の実人生は企業競争のなかを必死に働いて食いつないできた、ハングリーな開拓者でした。しかし、だからこそ、そのなかでの内省は、一番大切なものとしての愛する家庭、トップ級の腕をもつ囲碁など人びととの交流世界、といった方向を志向していったのでした。そこへ、生死の境を生きざるを得ない病との遭遇があって、この傾向が加速されたのでしょう。だから、彼の発する文章には、本当に魂の奥から出てきた、他者への語りかけの心がいつもあるのです。早稲田大学を出て金融や保険関係の企業世界を生き延びた人物が、それよりももっと大切なものにずっと気づいていて豊かな人生を生きてきたこと、そしてそんな人に限って大病に倒れる不幸を味わったこと、でもそのことからついに作家になったこと、この本の背景が文体にも濃厚に反映しています。この世のさまざまな苦しみを生きる人びとの気持ちが分かるのは、彼自身がそのなかの一人だからでしょう。特に、比較的長い二つの作品「踊り子」「占い師　銀子」は、こうした黄輝光一氏の文体が光る力作物語でしょう。

前半の創作に続いて、本の後半には、作者その人が実人生のまま登場する実話が収録されています。エッセイのような物語、あるいはドキュメンタリーもあります。「夏のセミ（ぴんころ地蔵）」「人類への警告（十万年後の世界）」「《死ぬ死ぬ詐欺》」「最終章　告白（本人）」と続きます。特にラストの二篇は、先ほどご紹介した作者の実情が実況中継風に刻印されていて臨場感に圧倒されます。そして、こんな人が現実にいま生きていて、本まで出版して、物語を書いているということに、励まされる人は少なくないでしょう。

『告白～よみがえれ魂～』

この本のタイトルは、このような数奇の人生を生きている著者自身のことも表していますが、収録の創作小説それぞれの登場人物のありようをひとことで表現したものでもあります。それぞれに苦悩しながら、登場人物たちは大切なものを告白していきます。そして、停滞することも多々あるだろう魂が、よみがえる時間を迎えるのです。さらにこのタイトルは、世にひろく読まれるべき大切な現代メッセージとして、おそらく万人に向けられているでしょう。読者それぞれの心の奥の物語が、ここに告白された創作と実話それぞれの大切なものと深いところでリンクして、読者の魂もまたいっそうよみがえれ。そんな願いがこめられているでしょう。

あっ、川崎の喫茶店にまた黄輝光一氏がやってきました。この夏の猛暑をもろともしないで、眼鏡に満面の笑みを浮かべて腰の低い温和な人格そのままに、この豊かな本が世にはばたく直前のゲラを手に持って……。やあ、黄輝さん、いよいよですよ。

増補新装版　あとがき

おかげさまで、まだ生きております！　ありがとうございます。感謝です。

今から５年前の平成28年６月に、３度目の脳梗塞で入院し、その病院始まって以来の、ありえない出来事、「検査拒否」「手術拒否」によって、もはや自力救済（セルフヒーリング）の道しか残されず、自らが選んだ「決断の道」「決死の道」を歩んでまいりました。しかし、お陰様で、５年が経ち70歳となった今、いまだ入院することもなく、大きな後遺症もなく、生きて、元気にペンを走らせている現状を、皆様にお伝えすることができて、この上ない喜びを感じております。この度、装いも新たに、新装版を出版することができました。この物語の出発点は、私の「大病」です。人生は、何があるか分かりません。本人が望む、望まないにかかわらず、その「何か」はいつか必ずやってきます。その時あなたは、何を考え何をしますかと。「苦」とはなんですか。「困難」とは、「悲劇」とは何ですか。絶体絶命の時にこそ、魂がゆさぶられ、目覚めさせてくれる。そのための試練であり、それは、ありがたい「苦」なのではないでしょうか。避けては通れない、敢然と立ち向かって行くからこそ、すばらしい物語（人生）が生まれる。

白樺のハイジから、最終章の「告白」まで、「あなたとは何か」「生きるとは何か」「生」と「死」を、ファンタスティックに、そして「希望」を携えて、ファンタジーに展開してみました。「死は決して、悲しむべき出来事ではありません」「死んでる暇はありません」「生かされている」から、「とことん生きる」へ。今回の私の脳梗塞を契機に、信じられない邂逅が生まれました。魂のお友達、コールサック社代表の鈴木比佐雄さんです。尊く価値ある出会いが、私の人生を一変させました。小説家として世に出していただき、改めて人生について深く考え、学ばせていただきました。今回新たにご執筆していただいた小冊子「栞解説文」は、ぜひ、ご一読いただければと思います。何度も校正していただいた鈴木光影さん、色々とお願いしてすばらしい装幀を作ってくださった松本菜央さん、コールサック社の皆様、本当にありがとうございました。

すべての人は、見えない糸（ご縁）でつながっております。あなたも、あなたも・・・。

皆様のご健康を心よりお祈りいたします。

二〇二一年　秋　　黄輝光一

黄輝光一（こうき　こういち）略歴

１９５１年、長野県佐久市臼田生まれ。
早稲田大学第一文学部中退。
１９７７年、早稲田大学法学部卒業。
大学時代は囲碁部在籍（選手）。
以降、囲碁を人生の最大の趣味とする。アマ六段（日本棋院）。
中央信用金庫（現・東京東信用金庫）を経て、保険会社アフラックの代理店となる。
２０１６年、三度目の脳梗塞で倒れ、代理店を廃業する。
リハビリをしながら、執筆活動中。
「笑いヨガ」リーダー。ラフターヨガ・インターナショナル・ユニバーシティ認定。
ダンスパフォーマー。
日本ペンクラブ会員。

現住所　〒210-0805　神奈川県川崎市川崎区伊勢町18-7-503
携帯電話メールアドレス　igoigo503@docomo.ne.jp

告白～よみがえれ魂～ 増補新装版

2021年11月6日初版発行

著　者　　　　黄輝光一

編集・発行者　鈴木比佐雄

発行所　株式会社 コールサック社

〒173-0004　東京都板橋区板橋 2-63-4-209

電話 03-5944-3258　FAX 03-5944-3238

suzuki@coal-sack.com　http://www.coal-sack.com

郵便振替　00180-4-741802

印刷管理　（株）コールサック社　制作部

装幀　松本菜央

落丁本・乱丁本はお取り替えいたします。

ISBN978-4-86435-495-0　C0093　￥1500E